前世は剣帝。今生クズ王子 2

A L P H A L I G H T

アルト

alto

JN055885

アルファライト文庫

グレリア・ヘンゼ・ディストブルグ
ディストブルグ王国の第一王子。兄姉の中でファイとは特に仲がいい。
フェリ・フォン・ユグスティヌ
ディストブルグ城のメイド長にして、ファイ専属の世話役を務《つと》めるエルフ。
ファイ・ヘンゼ・ディストブルグ
主人公。ディストブルグ王国の第三王子。前世は〝剣帝〟と讃《たた》えられた剣士ながら、今生では〝クズ王子〟と揶揄《やゆ》される程のグータラ生活を送っている。
CHARACTER

ゼィルム・
バルバトス
『虚離《きょり》使い』と
呼ばれる、移転能力を
持つ〝英雄〟。
ロウル・ツベルグ
『不死身』の二つ名を持つ
リィンツェル王国の〝英雄〟。
リーシェン・メイ・
リィンツェル
リィンツェル王国の
第二王女。
あらゆるものが
「視《み》える」特異体質。
ウェルス・メイ・
リィンツェル
リィンツェル王国の
第二王子。
グレリアとは
友人関係にある。

プロローグ

アフィリス王国での戦争を終えたと思いきや、今度は親交のある水の国リィンツェルに兄上――グレリア・ヘンゼ・ディストブルグのお供として馳《は》せ参じる事となった、俺――ファイ・ヘンゼ・ディストブルグ。諸国に轟《とどろ》く蔑称《べっしょう》――〝クズ王子〟らしい堕落《だらく》した生活は遠ざかる一方であった。

そんな中、王族同士の顔合わせの際に飛び出した、リィンツェルの第二王子ウェルス・メイ・リィンツェルによる侵攻《しんこう》宣言。

グレリア兄上とウェルスの密談《みつだん》に聞き耳を立ててみれば、家族を救う為《ため》に『虹《にじ》の花』なる薬草を手に入れなければならないらしく、唯一その花が咲《さ》くサーデンス王国に戦争を仕掛けるのだという。

そしてグレリア兄上は、その虹の花の入手に肩入れするようなのだが、それが自生する場所はおとぎ話の如《ごと》く語り継《つ》がれているような魔窟《まくつ》。グレリア兄上は俺をそんな場所へと連《つ》れていく気はないようで、俺を抜きにして話は進んでいく。

それでも、俺は己の本能が知らせる嫌な予感を信じ、グレリア兄上の助けになるべく独《どく》断《だん》でとある準備を進めていた。

「大事な人を危険な場所に向かわせたくない。その気持ちは痛いくらい分かる。でも……なんか複雑《ふくざつ》だな」

「……なんの話？」

鈍色《にびいろ》に染《そ》まった空に見下《みお》ろされながら、俺はそうひとりごちる。それに反応したのは、つい先程顔を合わせたばかりの一人の少年。この『店』の番だと名乗った傭兵《ようへい》の彼であった。

「俺に傷付いてほしくないんだろうけど、俺だって……あぁ、いや、何でもない。コッチの話だ」

裏路地《うらろじ》の薄汚《うすよご》れた壁《かべ》にもたれかかりながら、無意識のうちに言葉が口を衝《つ》いて出てしまった事を慌《あわ》てて誤魔化《ごまか》す。

探《さが》していた者——『豪商《ごうしょう》』ドヴォルグ・ツァーリッヒがやって来るまでここに居座《いすわ》ると俺が言い、それに対して半《なか》ば投げやりに、勝手にすれば？　と少年が言い放ってから早数分。一切まともな会話もなく、ただただ時間だけが過ぎ去っていく。

「取り越《こ》し苦労に、なってくれれば一番良いんだけどな」

そんな独《ひと》り言《ごと》は、吹かれる風にさらわれて消えていった。

第一話　集まり

部屋の中央に置かれた横長のテーブル。

その左右両側に三つずつ椅子《いす》が置かれており、そこで国の重要人物と呼ばれる者達が五人、顔を突き合わせていた。

「さて、そろそろ始めよう」

メイドが紅茶の入ったカップを配《くば》り終わり、退室した事を見届けてから、赤髪の青年――ウェルス・メイ・リィンツェルがそう話を切り出した。

席の配置は、ウェルスの右隣《みぎどなり》に長い赤髪をシニヨンに纏《まと》めた少女――リーシェン・メイ・リィンツェル。左隣に、癖《くせ》っ毛《け》の白衣の男性――ロウル・ツベルグ。

そしてウェルスと向き合うように、ディストブルグ王国が第一王子グレリア・ヘンゼ・ディストブルグ。普段とは異なり、騎士服のようなものを着衣したフェリ・フォン・ユグスティヌが、その左隣に座っていた。

「その前に一つ、宜《よろ》しいでしょうか」

控《ひか》えめに手を挙《あ》げ、発言をしたのは、この場において一番の年少者である少女――

「どうした、リーシェン」

リィンツェル王国の謎《なぞ》多き第二王女リーシェン・メイ・リィンツェルであった。

「私は、今日の話し合いは四人でと聞いていたのですが」

そう言ってリーシェンはフェリを注視《ちゅうし》する。

特に、その腰に下げられていた二本の剣のうちの一つ、影色に染まった剣に対して嫌悪《けんお》感《かん》を剥《む》き出しにし、ささくれ立った様子で問い掛けた。

「訳あってこのフェリにも参加してもらう事になった。実力はオレが保証しよう。何か不都合でもあるか、ウェルスの妹」

疑問に対して返答をしようと口を開きかけたフェリだったが、相手の立場が王族であるが故、可能な限り気分を害さないようにと悩《なや》んでいる隙《すき》に、代わってグレリアが声を上げた。

「……いえ」

他意はない。そう断言《だんげん》するグレリアに対しても、フェリへの感情の残滓《ざんし》をほんの僅《わず》かに向けてしまうリーシェンだったが、それも一瞬の出来事。どろりと胸の奥で渦巻《うずま》き始めていた感情に蓋《ふた》をし、ごほん、とわざとらしく咳《せ》き込んでみせる。

「事情は分かりました。でしたら私から一つだけお願いが」

彼女なりに一番当《あ》たり障《さわ》りがないであろう選択肢を瞬時に判断し、選び抜く。辿《たど》り着いた答えは、今しがた口にした言葉の通り、『お願い』をする事であった。

彼女は——リーシェン・メイ・リィンツェルという少女は、色々なモノが視えてしまう、、、、先天性の特異体質者である。

本来、視覚とは姿形を認識する役割しか果たさない。だからそれを補《おぎな》うように他の聴覚《ちょうかく》なり味覚なりという五感が、身体《からだ》に備《そな》わっている。

しかし、彼女だけは違った。

本来人間に備え付けられた視覚という機能の領分《りょうぶん》から、リーシェンのそれは遥《はる》かに逸脱《いつだつ》していた。それこそ視覚一つで他の五覚を補えてしまう程に。

視えてしまうのだ。感情が。過去が。未来が。声が。記憶が。心が。憎悪《ぞうお》が。悪意が。善意が。好意が。そして、死、が。誰も視覚によって認識できないであろう情報の奔流《ほんりゅう》が、半ば強制的に視えてしまうのだ。

それでも、歳《とし》を重《かさ》ねていくうちに、それらは幾分《いくぶん》か制御《せいぎょ》ができるようになっていた。己の精神を守る為の自己防衛本能なのか、意図的に視ないように心掛ければ、彼女自身の視える体質をそれなりに抑《おさ》える事が可能となっていた。

ただ、それでも視えてしまうものもある。

例えば、視る視ない以前に、否《いや》が応《おう》でも存在感を主張してくる感情の塊《かたまり》のようなもの。

言ってしまえば、今のリーシェンは視え過ぎるが故に、その視力を抑えるべく曇《くも》った眼鏡をあえて掛けている状態に近い。つまり急拵《きゅうごしら》えのフィルターをかけているものだから完全にシャットアウトはできず、幾《いく》ら視ないように心掛けようとも、今回のように視えてしまう事も多々あった。

「腰に下げられているその黒塗《ぬ》りの剣を……別の部屋に収めて来ては頂けませんか」

そう、リーシェンは言った。

フェリは名目上、グレリアの護衛扱《ごえいあつか》いである。

故に帯剣《たいけん》が許されており、同様にロウルもまたある程度の武装をしていた。勿論《もちろん》、会議の結果次第で反目するかもしれないからという理由ではなく、突然この場に侵入者《しんにゅうしゃ》がやって来てしまうような事態を予想して、である。

だから、リーシェンの発言は帯剣をしている事に対しての不満ではなかった。今し方指定した、黒塗りの剣にのみ向けられた嫌悪であった。

「その剣は、私には刺激が強くて」

場が場であるから、リーシェンは慎重《しんちょう》に言葉を吟味《ぎんみ》してから発言をする。こうした場でなければ、単刀直入《たんとうちょくにゅう》に不快だ、と言ってしまっていたかもしれない。どうにか取り繕《つくろ》おうとする彼女であったが、そんな心境とは裏腹《うらはら》に、表情は嫌悪感で歪《ゆが》められていた。

「…………」

対してフェリはリーシェンの発言を受け、口元にほんの僅かな皺《しわ》を寄せた。

彼女が指定した黒塗りの剣が、もし仮に、フェリにとって何の意味も持たないただの剣であれば、分かりましたと一切の抵抗もなく手放した事だろう。

しかし、影色に染まった黒塗りの剣はある人から託《たく》された物である。今のフェリにとって、肌身離《はな》さず手にしておきたい物であった。だから口ごもり、返答に躊躇《ちゅうちょ》する。究極《きゅうきょく》とも言える選択に頭を悩ませる。

そんな折だった。

「……その剣。あの少年のモノですよね？」

リーシェンの発言によって、黒塗りの剣――〝影剣《スパーダ》〟の存在に気が付いたのだろう。

話題に上がった剣に心当たりがあったロウルが、割って入るように話に混ざる。

『あの少年』というワードに当てはまる人物なぞ、フェリにとっては一人しかいない。だから、ロウルと『あの少年』に繋《つな》がりがあった事に対して多少の疑問を感じながらも、はい、と控えめに肯定《こうてい》した。

「リーシェン殿下《でんか》」

「なんですか、ロウル」

この二人の関係はそれなりに近いのだろう。

リーシェンは、ロウルにとって天上の立場である王族にもかかわらず、会話に遠慮《えんりょ》が一切感じられない。そして、無礼《ぶれい》と捉《とら》えられてもおかしくないその態度をリーシェン自身が咎《とが》める素振《そぶ》りもない。このやり取りは、二人の関係を鮮明《せんめい》に表していた。

「仕《つか》える主人から下賜《かし》されたばかりの物を置いてこいというのは、些《いささ》か酷《こく》なお願いとは思いませんか？　此方《こちら》はお願いする立場にあります。我慢《がまん》して頂けませんか？」

「……これは、私なりの心遣《こころづか》いでもあります」

「勿論、それは承知《しょうち》しております。それを踏《ふ》まえた上で、ですよ」

リーシェンが『視える』体質である事は、ロウルも既知《きち》だ。であれば、そんな彼女が嫌悪する物がどんな物か、それを分からない彼ではない。にもかかわらず、発言を取り下げろと暗《あん》に言ってくる彼に、リーシェンは眉根《まゆね》を寄せた。

どす黒い負《ふ》の感情に似た黒い靄《もや》が、視線の先にある剣からどうしてか視えてしまう。

それはきっとロクでもない物だ。そう思いながらもジッと見つめ続けていると、彼女の耳に、ざ、ざざ……というノイズが走った。

リーシェンにとって身に覚えのある感覚だった。それも、あまり思い出したくない類《たぐ》いの。この感覚は、耐え難《がた》い悲痛《ひつう》の過去を幻視《げんし》する時の――

それを素早く悟《さと》った彼女は、瞼《まぶた》を閉じる。

己の目が捉えた情報を無理矢理に弾《はじ》き飛ばさんと、考えをシャットアウトした。

そして一拍、二拍と沈黙《ちんもく》が続き、水を打ったように場は静まり返った。

「私は、リィンツェル王国が第二王女、リーシェン・メイ・リィンツェルと申します。お名前を伺《うかが》っても宜しいですか？　エルフの方」

「……フェリ・フォン・ユグスティヌと申します。リーシェン殿下」

「では、フェリさんとお呼びさせて頂きます。その黒剣ですが」

言葉が、止まる。

悩ましげな態度のまま、リーシェンはどう言い表すのが正解であるかを吟味しつつ、けれどやはり適切な言葉は思い浮かんではくれなかったのか――

「……あまり縁起《えんぎ》の良いものではないと思います。取り扱いにはくれぐれも気を付けてくださ い。先程の発言は取り消します。話の腰を折って申し訳ありませんでした」

当たり障りのない言葉を並べ、ぺこりと頭を小さく下げた。

「い、いえ!!　私こそ、我儘《わがまま》を申してすみませんでした」

王族に頭を下げさせてしまった。その事実に深い罪悪感を覚えてひどく狼狽《ろうばい》しながら、フェリも遅《おく》れじと頭を下げる。

二人のそんな様子を見て、解決したと判断したのだろう。今度こそとばかりにウェルスが話を再度切り出した。

「我達《わたし》の目的は、サーデンス王国領土である孤島《ことう》に自生する虹の花。その入手だ」

万病を治《なお》すと言われる伝説の花《薬》。

しかし、効果が絶大《ぜつだい》な反面、その入手は困難を極《きわ》める。曰《いわ》く、島には強大な魔物が多く潜《ひそ》んでおり、中には〝英雄〟と呼ばれる者達に苦境《くきょう》を強《し》いた魔物もいたという言い伝えすら残っている程。そのせいで滅多《めった》に人が訪れようとせず、島に関する情報は殆《ほとん》ど存在していない。故に、花を入手しようとするならば、可能な限りの戦力を集める事は必要不可欠《ふかけつ》であった。

「このメンツが恐らく、現状において集められる最高戦力であると我《わたし》は思っている」

ウェルスが周囲に視線を向けた。

〝英雄〟であるロウル・ツベルグ。

特異体質であり、戦闘能力さえ度外視《どがいし》すれば〝英雄〟と同格以上の力を発揮《はっき》するリーシエン・メイ・リィンツェル。

〝英雄〟に届き得る存在とまで呼ばれたグレリア・ヘンゼ・ディストブルグ。

加えて、先代の頃よりディストブルグを支え続ける王子付きメイドであるフェリ・フォン・ユグスティヌ。

最後に――

「言い出しっぺは我《わたし》だ。もちろん、足手纏《あしでまと》いになるつもりは微塵《みじん》もない」

これ見よがしにウェルスは腕をまくる。

そこには、刺青《いれずみ》を彷彿《ほうふつ》させる刻印《こくいん》がずらりと彫《ほ》り込まれていた。

「ウェルスお兄様……貴方《あなた》って人は……」

右隣から呆《あき》れる声が聞こえるも、それに反応する事もなく、ウェルスは言葉を続ける。

「リィンツェル王家に伝わる刻印術式――『フェレズィア』」

代々受け継がれてきたそれは、本来であれば国の跡継《あとつ》ぎのみが刻《きざ》めるもの。

それを、国のトップである現国王と跡継ぎのはずの第一王子が床に臥《ふ》せっているからと、ウェルスは独断で自《みずか》らに刻み込んできたのだ。

リーシェンが呆れるのも仕方がないと言えた。

「これで〝英雄〟格は三人。だけれど、所詮我《しょせんわたし》はまがい物。虹の花を確実に手に入れる為にはもう一人、〝英雄〟格が欲しい」

それは当初よりロウルから言われていた事である。リーシェンを連れたとしても、〝英雄〟は三人は必要であると。

だが、無いものは無いのだ。どれだけ望もうとも、都合良く手元に降って湧《わ》いてくる事は、逆立《さかだ》ちしようともあり得ない。

だからこそ、ウェルスは考えた。

自国にないのであれば、余所《よそ》から持ってくれば良いのでは、と。

「ですので、サーデンス王国にて、とある〝英雄〟に声をかけるつもりです」

ウェルスに代わってロウルが言う。

一見、完全なアウェーとも思えるサーデンス王国であるが、実のところそうでもなかったりする。

サーデンス王国の言い伝えは有名である。その言い伝えを頼《たよ》ってサーデンス王国に向かう者は後を絶《た》たない。

そして、虹の花を手に入れられるチームを求めている〝英雄〟が居ついたりと、サーデンス王国とは全く無関係の人材が数多く在留《ざいりゅう》している。

「声をかける予定であるのは『虚離《きょり》使い』と呼ばれる〝英雄〟」

半径二〇〇メートル。その間であれば一瞬で距離《きょり》を詰《つ》め、また遠ざける事ができる固有能力を持ち、それは自身だけでなく他人さえも対象可能とする、移動のスペシャリスト。どこにでも存在し、まるでそこにいなかったかのように一瞬で姿を消す。まさしく虚《きょ》のような存在。

故に『虚離使い』。

「戦闘能力においても〝英雄〟の中で上位に位置する者です。リーシェン殿下と『虚離使い』には虹の花の捜索《そうさく》に専念して頂き、魔物を食い止める役割はこの二人を除《のぞ》いた全員で行う予定です」

「……信用はできるのか？」

このメンバーの中で誰が最重要人物かは、言われずとも全員が認識している。間違いなく、リーシェン・メイ・リィンツェルである。

彼女を大して交流もない人間一人に任せるのは如何《いかが》なものなのか。そう指摘するグレリアの意見は至極《しごく》当然のものであった。

「この作戦は、リーシェン姫殿下有《あ》りきです。彼女は何があっても死なせるわけにはいきません。ですので、最も強く、もしもの際には確実に逃がす事のできる人間を側《そば》に置かなければなりません」

それに、とロウルが言葉を続ける。

「向こうに着けば、嫌でも分かりますが、虹の花を取るにあたって、虚離の能力を用《もち》いて魔物との戦闘を避《さ》ける事ができる彼以上に適した人間はいないでしょう」

それは、実際に赴《おもむ》き、帰還《きかん》した人間の言葉だ。

今この場において、ロウルの言葉以上に信を置ける発言は存在しない。その、いやに実感のこもった言葉を前に、ならばこれ以上言う事はないとグレリアは口を閉ざした。

「もうすでに、時間は迫《せま》ってます」

何の時間なのか。

それを尋《たず》ねる人間はいない。

誰もが、病《やまい》で床に臥せっている人間の時間である、と認識していたから。その為のこの場であったから。

「二日後の朝に出立《しゅったつ》。船はすでに手配してあります」

ここリィンツェル王国とサーデンス王国の間は海で隔《へだ》てられている。だから船を使って移動するしか方法はない。

加えて『虚離使い』に接触《せっしょく》して協力を仰《あお》ぎ、孤島に入る手続きをしなければならないなど、やる事は山積《やまづ》みであった。

「分かった」

グレリアがそう返事をする。

グレリア達がこの国にやって来た本来の目的である第三王子の誕生日《たんじょうび》パーティーは、本人が床に臥せっている事を理由として、先延《さきの》ばしになる事がすでに決定していた。

ウェルスがディストブルグに招待状を出したのが、第三王子が倒れる数日前。

招待状のタイミングは運が良かったのか、悪かったのかと二人で苦笑《にがわら》いしていた記憶はまだ新しい。

「では、二日後にまた――」

顔合わせと情報共有。それらを目的とした話し合いは、ロウルのその言葉を以《もっ》て終わりを告げた。

第二話　死ねない理由

サーデンス王国に到着したのは、話し合いから四日が経過した日の昼間であった。

サーデンス王国行きの船に搭乗《とうじょう》したのは、ディストブルグ王国からはグレリア・ヘンゼ・ディストブルグとフェリ・フォン・ユグスティヌの二名。

当初、グレリアについてくる予定だったお供の騎士達は、フェリの代わりに陰《かげ》ながらフェリを護衛すべしという命令を下され、リィンツェルに残っていた。

そしてリィンツェル王国からは、ウェルス・メイ・リィンツェルとリーシェン・メイ・リィンツェル、ロウル・ツベルグ、更《さら》に騎士四〇余名。

サーデンス王国での滞在《たいざい》は二日。その間に『虚離使い』との交渉《こうしょう》および、件《くだん》の孤島への入島手続きを済ませる必要があった。

しかしながら、ロウルが事前に取り計《はか》らってくれていた事もあり、入島手続きはすでに終わっていた。

「リーシェン王女殿下。如何なさいますか？」

「…………むぅ」

『虚離使い』と会うにあたって、一行は二組に分けられた。

一組目は、『虚離使い』との交渉を行うグループ。グレリアやロウル、ウェルスと騎士二〇名。

二組目が、交渉の間自由に街を散策《さんさく》していてくれとグレリアとウェルスに言い渡されたグループで、フェリやリーシェンと残りの騎士二〇余名。

今、そのフェリとリーシェンが前を歩き、騎士達がその後ろをついて行くという状況がひたすら続いていた。

「………むー」

「え、えっと、リーシェン殿下？」

ぷくっと頬《ほお》を膨《ふく》らませ、年相応《としそうおう》な表情を見せるリーシェンに対して、フェリは戸惑《とまど》いを見せる。ウェルスやロウル、グレリアがいなくなってからずっとこの態度である。恐らく、こっちが素《す》なのだとフェリも理解はできるが、その変わりように困惑が続いていた。

「フェリさん」

そして不満そうに唸《うな》り続けて数分が経過したところで漸《ようや》く、リーシェンが不満気な呻《うめ》きではなくちゃんとした言葉を口にする。

「その剣、余程《よほど》大事なものだったんですね」

リーシェンが今もまだ嫌悪感に近い感情を黒い剣に向けている事は、厳《きび》しい視線から容《よう》易《い》に判断がつく。けれど、四日前の顔合わせの時と比べれば随分《ずいぶん》と態度は軟化《なんか》していた。

腰に下げた影色の剣を、フェリは頻《しき》りに触《さわ》って有無《うむ》を確認している。それは本当に大事そうに。

意識してなのか、無意識になのかはリーシェンには分からない。

それでも、そんな光景を横目で何度も確認していれば、流石《さすが》のリーシェンも表立ってぐちぐちと言う気は失《う》せてしまう。

「殿下から、お預《あず》かりした物ですから」

剣とは、剣士にとっての魂《たましい》だ。

いくら無数に生み出せるとはいえ、ファイには〝影剣《スパーダ》〟に強い思い入れがある事は、共に行動する中でフェリも否が応でも理解させられている。だから余計に大切に扱っていた。

ひたすらに剣を拒《こば》んでいた人間が、御守《おまも》りと言って渡してきた剣。そこにはどんな想《おも》いが込められているのか。

いくら剣を拒み自分を貶《おとし》めたとしても尚《なお》、彼はどこまでも剣士であった。であるからこそ、最後に信じられるものはどうしても剣に帰結《きけつ》し、手段として至極当たり前に浮かび上がってしまう。

だから、剣を渡すしかなかったのだ。

それだけ主人に自分が心配されているのだと思うと、フェリは笑《え》みを隠《かく》せなかった。

やはり優《やさ》しい人だ、と。

「……殿下、というとグレリア王子ですか？」

眉根を寄せて不思議そうにリーシェンが尋ねる。

グレリアという人は、真《ま》っ直《す》ぐな人間だ。もしくは気持ちのいい性格とでも言うべきか。視える体質だからこそ、リーシェンは〝影剣《スパーダ》〟の異質さがグレリアと異なるであろう事は看破《かんぱ》していた。にもかかわらずグレリアの名を出した理由は、フェリが殿下と呼ぶ相手をグレリア以外に知らなかったからだ。

「いえ、ファイ王子です。ファイ・ヘンゼ・ディストブルグ殿下ですね」

「ファイ……」

ポツリと消え入りそうな声音《こわね》で、リーシェンはその名前を呟《つぶや》いた。

しかし、幾ら考えを巡《めぐ》らせようとも心当たりはなかった。だから問う。

「……どんな人なんですか？　ファイ王子は」

〝影剣《スパーダ》〟の持ち主であるファイ・ヘンゼ・ディストブルグという人間に、リーシェンは興味があった。どんな人間が、そんな禍々《まがまが》しいオーラを放つ剣を扱っているのかという、純《じゅん》粋《すい》な興味があった。

「そう……ですね。一言で言うと、よく分からない人です」

「……はい？」

リーシェンから素《す》っ頓狂《とんきょう》な声が漏《も》れる。

しかし、その気持ちをフェリは痛いくらい分かってしまった。何故《なぜ》なら彼女自身も、己の発言でありながら何言ってるんだろうかという感想を、今も尚抱き続けていたから。

「きっと……いえ。本当は凄《すご》く優しいお人なんです。でも、それは絶対に自分で認めてはくれなくて。それでいて不器用で、一人で何もかも抱《かか》えようとする。そんなよく分からない人です」

自虐《じぎゃく》ばっかりの出来の悪い、弟みたいな人です。あ、でも不敬《ふけい》にあたるのでここだけの秘密という事で。

などと言って、フェリは柔和《にゅうわ》に微笑《ほほえ》んだ。

「……大切な、人なんですね」

フェリの言葉には親愛というべき感情が込められていた。臣下《しんか》として慕《した》っているだけとは思えない感情の発露《はつろ》が、言葉にありありと込められていた。

「でも、良かったんですか？」

だから、リーシェンは疑問に思った。

手間のかかる弟のように思っているならば、間違っても目を離せないだろう。側で支えたいと思うものではないのか。そう思い、尋ねずにはいられなかった。

「大切な人がいるのに、こんな命懸《が》けの作戦に参加して」

ロウル・ツベルグ曰く、今回の成功率は約五〇％であるらしい。ただ、それは全員が生《せい》還《かん》する確率ではなく、万病を治す虹の花を手にして戻れる確率が五〇%であるという意味だ。

もし仮に生還できる確率を数値化したならば、恐らく二〇%あるかどうか。

グレリアが言っていた、フェリの実力は保証する、という発言を真に受け、過大《かだい》評価した上で、二〇%の生存確率。それが、ロウルから孤島の話を何度か耳にしていたリーシェンの見解《けんかい》であった。

「グレリア殿下に付いていてくれ、というのが、不器用な殿下からのお願いですし、約束でもありますから。受け入れないわけにもいかなくて」

フェリは「困ったものですよね」と言って、あはは、と苦笑いを浮かべた。

休暇《きゅうか》が欲しい。一生ゴロゴロしていたい。そんなくだらないお願いであれば今まで数え切れぬ程あったものの、こういった真面目《まじめ》なお願いは滅多にしてこない。

だから、破《やぶ》るわけにはいかなかった。

「それにどうしてか、私自身そこまで悲観《ひかん》してないんです。本当に不思議な事に」

ウェルスはリーシェンに対して、最終的に参加するかは自分の意思で決めろと言っていた。つまり、この場に彼女がいるのはあくまで彼女の意思。しかし、決意をしたものの無事に生還できるとは思っていなかった分、前向きなフェリの発言はリーシェンにとって意外そのものであった。

『俺が剣を握《にぎ》るうちは、兄上はもちろんメイド長だって守ってみせるさ。だから、勝手に死ぬ事だけは許さない』

一瞬の懐古《かいこ》。つい先日のやり取りが、フェリの記憶の海から浮上する。それは、リィンツェル王国に来た直後のレストランで交わし合った言葉。普段見せる事のない明確な意志の炎を瞳の奥に湛《たた》えてのファイの発言だったからこそ、記憶に深く刻まれている。

「本当に、ここぞというところで頼りになる人で」

ファイ・ヘンゼ・ディストブルグという人間は、身内にだけ本当に凄く甘い。それに約束した事は必ず守ろうとする人だ。だから自分の生死は兎《と》も角《かく》、事態が最悪の状態に転《ころ》がる事はないだろうと、フェリは考えていた。

「だから、根拠《こんきょ》はありませんが、悲観する必要はないと思うんです」

以前ファイとの戦闘を終えた後、彼女は己の中に潜む精霊、水竜と少しだけ話をした。

悲観してはならない。何があろうと生を諦《あきら》めてはならない。そんな感情を胸の奥に燻《くすぶ》らせていると、その時の会話の記憶が何故か鮮明に蘇《よみがえ》ってくる。

『面倒な主人を持ったものよな』

その時フェリ自身は降霊《こうれい》による副作用があって、受け答えを満足にできる状態ではなく、ただ水竜が一方的に話すだけであった。

『あやつは、強い』

水竜が、ファイの強さを認めていた。人間よりもずっと生き長らえ、数多《あまた》の強者を目にしてきた水竜が、強いと世辞《せじ》抜きで称揚《しょうよう》していた。

『だが、強い故に何かしらの過去を抱えておる』

奇妙な力には、奇妙な宿業《しゅくごう》がある。強い人間は、何かしらの因果を抱えている場合が多いと、水竜は言う。それは譲《ゆず》れない何かであり、何を犠牲《ぎせい》にしてでも貫かねばならなかった意地や約束。そして、誓《ちか》い。

因果があったからこそ、人は強くなる。抱えるものの重さと強さは比例するものであると、水竜は逡巡《しゅんじゅん》なく述べた。

『あれは正しく、生きながらにして死んでいるといえるが――』

剣を打ち合っていた相手の事を思い返しながら、水竜は言葉を選んでいた。
己の命を軽《かろ》んじるなぞ、常人ならばできるはずもない。頭でそう考えようとも、身体がその思考を拒絶《きょぜつ》する。逆もまた然《しか》り。
もし仮にそれをさも当然のように行う人間がいたならば――壊《こわ》れているという言葉がこれ以上なく似合ってしまう事だろう。
それを理解する水竜だからこそ、そこで言葉を区切り、含みを持たせた。続く言葉をお主《フェリ》に聞いてほしいのだと、これ以上なく強調したのだ。

『それは決して根っからのものではない』

死にたがりと呼ばれる人間にも、種類というものがある。それは大きく分けて二つ。

戦闘狂のような進んで死を求めるタイプ。

現実を逃避《とうひ》し、死を望むタイプ。

水竜は、ファイが後者であると睨《にら》んでいた。

『あやつはただ、孤独《こどく》に怯《おび》えておるだけよ』

——俺は、剣を振るって生き続けるのが怖《こわ》い。

それは確かな心の慟哭《どうこく》だった。

偽《いつわ》りのない本心だったはずなのだ。

『本当にあの男を救ってやりたいのなら、お主は何があってもしぶとく生き残れ』

今更《いまさら》死に動じる人間ではないだろう。

もう、見飽《みあ》きたとも言っていいかもしれない。

それ程までに、瞳が悲哀《ひあい》に濁《にご》りきっていた。

ただ、死を見飽きたからと言って、死を見る事が平気であるとは限らない。少なくとも、生き続ける事で、いつの日か死に逃げようとする者の枷《かせ》になれるはずである。

『お主には心をそれなりに開いておる』

だから水竜はそう言った。
フェリの願いを知る者だからこそ、繰《く》り返し述べた。

『きっと、お主らが死ねば、あやつは間違いなく死に近づくぞ』

ただでさえ、死を望んでいる節《ふし》がある者なのだ。
僅かな心の枷を失った時、また堕落した生活に戻るかもしれない。もしくは、死に向かうか。それは定かでない。ただ、良い方向に転ばないのは確かだろう。

『であるからこそ、生き残れ』

念を押す。

『わたしとしても、ああいう生き方は見るに耐えん』

見た目こそ、一〇代半ばの人間。

だが――

――人を殺し続けた事が強さと言われる世界なら、その先に待つのは決していいものじゃねえよ。多分、ロクでもない景色が見えると思うな俺は。

そんな考えに、普通の者であれば至《いた》れない。

きっとその言葉は正しい。けれど致命的《ちめいてき》なまでに達観《たっかん》し、壊れている。年相応の少年らしい部分が決定的に失われていた。そこが、ファイという人間の異常さを正確に表していた。

「それに、私自身、死ねない理由があります」

水竜の言葉を思い出しながら、フェリは言葉を紡《つむ》ぐ。

自分の願いの為にも、サーデンス王国で骨を埋《うず》めるわけにはいかなかった。だから自信を持って言う。

笑いながら言ってのける。

「心配せずとも、易々《やすやす》と死ぬつもりなんて毛頭《もうとう》ありませんよ。あの方を残して死ぬなんて、気が気でないので」

そう言うフェリは、いつもと変わらない笑みを浮かべていた。

第三話　ゼィルム・バルバトス

フェリとリーシェンが自由行動を言い渡されて幾分か時間が経《た》ち、気づけば夕日が姿を消そうとしていた。

目に優しい茜《あかね》色に染まる空。ちらほらと疎《まば》らに点在する鈍色の雲と交わり、独特の風情《ふぜい》あるコントラストが空一面に広がっていた。

ここ最近、リィンツェル王国では曇り空が続いていた。もし仮にこのまま天気が崩《くず》れ、雨が降ったならば自《おの》ずと海は荒《あ》れてしまう。そうなれば間違いなく出航《しゅっこう》に影響が及んでしまうだろう。だから、フェリは不安を煽《あお》る翳《かげ》りのある空模様《そらもよう》を仰ぎ、

「雨が、降らないでくれると良いんですけどね」

苦笑いをしながら抱く懸念《けねん》を言葉に変えていた。

サーデンス王国から虹の花が自生している孤島までの移動手段は、船のみだ。

雨が降れば、自ずと海は荒れる。だから雨が降りませんようにと、小さな声で希望を口にしていた。

「そうですね」

リーシェンが同調する。

この先に待ち受けるであろう戦いに憂《うれ》いを抱くからこそ、せめて天候くらいは。

そんな事を考えながら。

「……お」

そこへ、少し離れた場所から聞き覚えのある声が上がる。

フェリが目を凝《こ》らし、見つめた先には、数時間前に別れたウェルス達が供を連れて歩いていた。

はじめに気づき、声を上げたのがグレリア。

フェリとリーシェンも続いて気づき、ゆっくりと距離を詰めていく。

「あはは、丁度《ちょうど》良かったです」

フェリとリーシェンを探していたのか、ロウルからは真っ先にこう声をかけられた。

何かを食べながら交渉を行なっていたのだろう。食べ物や、珈琲《コーヒー》などの香りが薄《うっす》らと漂《ただよ》ってきていた。少しだけ、お酒の香りも混ざっていたので、年齢が年齢なだけにリーシェンは僅かに顔を顰《しか》めてしまう。

「丁度、良かった？」

「ええ、リーシェン殿下達に彼を紹介したいと思っていまして」

そう言って、ロウルは一人の男性に視線を向けた。

「紹介します。彼が」

ロウルが説明を始めるより先に、そちらにリーシェンの目が向く。

背は一九〇センチ辺りで、怪《あや》し気《げ》な服装をした人物であった。

パーカーコートのような黒色の服を着込んでおり、それが頭を含む上半身をすっぽりと覆《おお》っていた。

前が開かれたそのパーカーコートからは、暗器《あんき》のようなものがチラホラと見え隠れする。扱う得物《えもの》は大鎌《おおがま》なのか、刃が下になるように背負《せお》われたソレは存在感を強く主張している。

全身が黒色の服で統一されており、目深《まぶか》く被《かぶ》られたフードのせいで顔は鼻から上が見え

ない。

それが不気味さを一層際立《きわだ》たせていた。

「『虚離使い』――ゼィルム・バルバトスです」

あまりに不気味な風貌《ふうぼう》から、一瞬勘違《かんちが》いと思えてしまうが、身振り手振りを加えて彼だと紹介されれば、流石にリーシェンとフェリも事実を受け入れざるを得ない。

ただ、本当に大丈夫なのだろうかと、そんな不安が表情に出てしまうのは仕方がないと言えた。

「…………」

紹介されたゼィルム・バルバトスは少しだけ顔を動かす。フェリとリーシェンを注視するような姿勢が、数秒ほど続いた。

程なくして、はぁ、と不機嫌そうに表情を歪めた彼の口から、ため息がもれた。

「話が違うじゃねえか『不死身』」

そして、ぞんざいな口調《くちょう》で毒を吐く。

「俺は〝英雄〟レベルが三人いると聞いて、了承《りょうしょう》したんだがな。加えて、花を探せる人間がいると。『不死身』の頼みだから来てやったんだが……」

そう言って、リーシェン、フェリ、グレリア、ウェルスの順に視線を向けていき、

「餓鬼《がき》ばかりじゃねえか。これで虹の花が本当に手に入れられると？」

乱暴な口調で言葉を吐き捨てる。

嘲《あざけ》りの込められた言葉を向けられれば、誰しもムッと顔を顰《しか》めてしまう。が、リーシエンをはじめ、童顔《どうがん》であるフェリ、まだ二〇歳であるグレリアと、彼と同年齢であるウエルスの四人は、若いという自覚を持っているが為に、言い返すという選択肢を選ばなかった。

「俺は餓鬼《がき》のお守《も》りをしに来たわけじゃねえぞ」

「ですが、貴方も時間が限られているはずだ」

「……チッ」

不愉快《ふゆかい》そうに舌打ちをし、ゼィルムはロウルの隣《となり》を通り過ぎる。それから、ゆっくりとした歩調でリーシェン、ではなく、どうしてかフェリの目の前に立った。

「……精霊《エルフ》の民か」

長く尖《とが》った独特の耳に、人形めいた相貌《そうぼう》。

それらの特徴《とくちょう》から判断し、そう言葉をこぼす。

「名前は」

「……フェリ・フォン・ユグスティヌと申します」

「フェリ・フォン・ユグスティヌ……」

何か思い当たる事があったのか。

眉根を寄せてゼィルムは少し考え込み、言う。

「フォン、と言えば『巫女《みこ》』の一族か」

「……っ！」

ゼィルムの言葉に、どうして知っているんだとばかりにフェリは目を見張り、顔に驚愕《きょうがく》の色を張り付けた。

口調、雰囲気《ふんいき》、それらから、ゼィルムの歳は三〇手前程度なのではと思っていた矢先のその言葉は、あまりに衝撃《しょうげき》的過ぎた。何故なら彼の言う『巫女』という存在は、すでに埋《う》もれた歴史であったからだ。

「……これでも一応、本業は考古学者なんでな。歴史にはそれなりに詳《くわ》しいんだよ」

そしてゼィルムの視線は、フェリの腰に下げられた二本の剣に向かう。

僅かに目が細められたが、反応はそれだけに留《とど》まった。

「……あのフォンの一族ならまだ戦力になるか」

ゼィルムは値踏《ねぶ》みするようにフェリを眺《なが》めた後、そう言って興味をなくしたように、次はリーシェンの前へと移動する。

「で、テメェが視えるってヤツねえ……」

そう言って品定《しなさだ》めするように視線を下から上へと這《は》わせ。それを数回繰り返したところでまた、ため息を吐いた。

「まぁ、可能性がねえわけじゃねえか」

ゼィルムは数歩だけ、後ずさる。

「『不死身』がすでに名前を言ったが、俺の名前はゼィルム・バルバトス。周りからは『虚離使い』と呼ばれてる」

脱《ぬ》いだ方がいいか――

そんな事を言ってから、ガシリと頭に被せていたフードの先を掴《つか》み、脱ぎ捨てる。

「……っ」

「……チッ」

息を呑《の》む音が聞こえてくるのと同時、ゼィルムはまた不愉快そうに舌打ちをした。

現れた相貌。

顔全体を覆うような火傷痕《やけどあと》が痛々《いたいた》しく、皮膚《ひふ》は少し変色をしていた。

「……顔はしっかり覚えておけ。知らねえ顔だからっていざという時に敵意向けられちゃ堪《たま》んねえ」

そう言って、ゼィルムはフードを被り直して踵《きびす》を返す。

「……顔合わせは済ませた。俺はここで失礼させてもらう」

ぞんざいに言い捨て、その場を後にするゼィルムの背中が遠ざかっていく。誰もがその背中を見つめる中、彼が振り返る事は一度もなかった。

「気を、悪くしないでやってください」

ゼィルムが遠く離れた事を確認し、ロウルがそう切り出した。

苦笑いするロウルは、ゼィルムとそれなりに知った仲なのだろう。気遣《きづか》いのようなものが見て取れた。

「悪いヤツでは、ないので」

言葉こそ乱暴であったものの、所作《しょさ》には少し品を感じさせる部分もあった。

何か訳ありなのだろう。大半の者がそう判断していた。

「これで、〝英雄〟格が四人」

白衣の中に手を忍《しの》ばせ、何かを確認するような動作を見せるロウル。

「武器の手入れは入念に、お願いします」

そう言って白衣から手を引き抜く。

ロウルなりの武器の確認であったのだろう。

「もし、決意が揺《ゆ》れたのであれば、僕に知らせてください」

決意とは、覚悟。

いざ、魔物と対面し、背を向けるようでは連れていく意味がない。そう考えた故に出た言葉であった。

「出発は明朝になります。明日以降は雨の可能性が極めて高いので」

海が荒れていたから孤島に辿り着けませんでした、では、話にならない。

「今日は、しっかり英気《えいき》を養ってください」

ロウルは儚《はかな》く笑った。

頭上に広がる空のような、曇った感情を見せながら。

第四話　覚悟を

緩《ゆる》やかなさざ波がザザザと音を立てる。

ウェルス達が乗り込んだ帆船《はんせん》は順調に目的地へと進んでおり、幸いにも天候によるトラブルに見舞われる事はなかった。

しかしながら、空は生憎《あいにく》の雨模様。

不安を掻《か》き立てるような暗澹《あんたん》とした曇天《どんてん》が空いっぱいに広がっていた。

「で、話ってなんだ」

船の甲板の上にて、海を背景に立つロウルに向かって、グレリアが声をかけた。

それに続くようにぞろぞろと船内から人が現れ、グレリア、ウェルス、リーシェン、フェリ、ゼィルム、そしてロウルを含めた計六人が顔を突き合わせる。あえて他の騎士達が甲板にいないタイミングを狙《ねら》っての、ロウルによる呼び出しであった。

「伝え忘れていた事柄がありまして」

くるくると注射器を弄《いじ》りながら、小風に白衣をはためかせるロウル。鼻をつくツンとした臭《にお》いが潮風《しおかぜ》に混じり、薬師である事が否応《いやおう》なく強調されていた。

さながら闇医者のようだ。

終始《しゅうし》浮かべている悪《わる》びれない笑みが、伝え忘れではなくあえて伝えていなかったのだと、面々に確信を持たせる。

「孤島に棲《す》まう魔物、その正体《しょうたい》についてです」

「……知ってんのか？」

はじめに食いついたのはゼィルムだった。

彼自身、本業が考古学者であると言うだけあって、歴史については人一倍興味を見せていた。

なにせロウルが話題に出したのは、アンタッチャブルとまで呼ばれる孤島についてである。その道の人間であるゼィルムが気にならないわけがなかった。

「一応、これでも一度は行って帰ってきた人間ですので」

そう言って、ロウルはくるくると弄り続けていた注射器を、見せつけるように五人の前に突きつけた。

「その前に、僕の能力の説明をしましょうか」

これから生死を共にするわけですし、と付け加える。

そして続けざま、ロウルは己の首に注射器を打ち込み、痛々しい音と共に彼の表情へ渋《じゅう》面《めん》が広がった。

直後、ロウルの瞳に薄く鮮紅色《せんこうしょく》が入り混じるが、それも刹那《せつな》。理性の色と共に元に戻る。

「僕の能力はこの身体。凶薬に耐えられるこの身体が、僕の唯一にして無二の能力」

ロウルは中身のなくなった注射器を白衣の中に収め、代わりに小ぶりのサバイバルナイフのような短剣を取り出す。

「この薬は外傷《がいしょう》に対し、再生と増殖《ぞうしょく》――つまり復元を促《うなが》す効力を持ちます」

五人に見えるように、ロウルは左の人差し指をすっと立てる。

そしてそのまま、

「……ッ」

ほんの僅かだけ苦悶《くもん》の表情を浮かべるも、己自身の人差し指を一瞬の逡巡すらなく斬《き》り落とした。

その異常さに他の五人全員が目を剥いた。しかし、誰かが眼前《がんぜん》の光景に声を上げるより先に、バキボキと痛々しい音が場に響《ひび》く。

ロウルが自ら斬り落としてみせた人差し指の断面《だんめん》から、新《あら》たに肉のような、骨のような何かが膨れ上がり、増殖し、再生を始める。

ぐちゃぐちゃと何かが混ざり合う音も入り込み、聞く者に生理的嫌悪を抱かせるも、一〇秒と経たぬうちに傷は元通りに。

人差し指の残骸《ざんがい》であるナニカだけが残され、それ以外は全《すべ》てつい先程と何も変わらない状態に逆行した。

「この通り、斬り落とされても数秒で再生を終えます。ただ――」

ロウルはその残骸を拾い、ぽいっと海へ投げ捨てる。

そしてぷらぷらと斬った方の手を見せびらかした。

「再生に伴《ともな》う痛みが尋常《じんじょう》じゃないものでして。普通の人間であれば絶対に精神が崩壊《ほうかい》してしまいますね」

要するに失敗作です、とロウルは笑った。

「ですが、僕の身体だけは例外で、その痛みが緩和《かんわ》、というより薬のうち過ぎのせいで痛覚が鈍《にぶ》った事が幸いして、耐える事ができるんです」

そのせいでついた二つ名が『不死身』。

誰かを治したい。その一心で作り上げた薬は、自分だけを守る事ができる壊れた凶薬に成《な》り果てた。

「皮肉な結果でしょう?」と言うロウルの表情には、筆舌《ひつぜつ》に尽《つ》くし難い暗い影が宿《やど》っている。

「ま、この能力のお陰で、僕は孤島の中心部に辿り着く事ができたんですけどね」

すでに孤島のシルエットは帆船からうっすらと見えている。豆のように小さなそのシルエットに、ロウルだけは、懐《なつ》かしさを抱かずにはいられなかった。

「あぁ、それと」

ロウルは短剣を収めながら、さり気《げ》なく一言。

「僕の血液には、触《ふ》れないようにしてくださいね」

え？　と思う者も数人いたが、触れてはいけない理由はすぐ側に転がっていた。

斬り落とされた人差し指が落ちていた場所だけ、異様《いよう》な変色を遂《と》げていたのだ。

見た者を不快にさせるような、ドスの利《き》いた紫色に。

ロウル・ツベルグという男の体質を知っていた故に、真っ先にウェルスは気づく。

彼が何をしてきたのか、を。

「ツ……、ロウル、お前身体の血を全て……」

猛毒《もうどく》に変えてきたのか……ッ‼

そうウェルスが言い切るより先に、言葉が返ってくる。

「——戦いですよ」

低い声。

普段のロウルとは打って変わって、力の込められた声だった。

「死なない為に準備は怠《おこた》らない。そんな事、当然じゃないですか」

ロウル・ツベルグは生粋《きっすい》の〝英雄〟ではない。

ゆえに、驕《おご》りが一切ない。

それが何にも勝《まさ》るロウル・ツベルグという人間の強みであると、ウェルス・メイ・リィンツェルは理解している。だからこそ、常識の埒外《らちがい》とも言える行為をこうも当たり前に行えてしまうと、分かってしまう。

敵に自分の身体の一部が喰《く》われてしまう事を念頭《ねんとう》に置き、その状況ですら自分に有利に働く一手に繋げるべく、誰よりも命懸けでこの場所に立っている。

「甘さは捨ててください、ウェルス王子。あそこに存在する脅威《きょうい》は魔物だけではないのですから」

むしろ、魔物はオマケです、とロウルは付け加える。

「あの島には魔物が何匹も存在しています。ただ、その魔物達はあの島の本当の住人ではないんです」

「……どういう意味だ」

ウェルスですら事前に聞いていない、孤島に関する情報。どうして今の今まで秘匿《ひとく》していたのか。

加えて、含みのある言葉に苛立《いらだ》ちを隠せず、ウェルスは堪らず聞き返していた。

「言葉の通りですよ。あの島の住人は、魔物ではありません」

「……おいおい」

焦燥《しょうそう》の感情が声に孕《はら》む。

ロウルが何を言いたいのかをいち早く理解してしまったゼィルムは、自らが至ってしまった嫌な予感を口にした。

「じゃあなんだ？　その魔物は何かに使役《しえき》でもされてるって言うのか？　その魔物は、曲《ま》がりなりにも二〇〇年前の〝英雄〟を退けたと、俺は聞いてるんだがな……」

島に存在している。

だけれど、島の住人ではない。

であるならば、答えは限られてくる。

ロウルは恐らく、広く伝えられている魔物はオマケでしかない、と言いたいのだろう。

その魔物を使役できるような他の化け物がいる、と。

だが、〝英雄〟を斃《たお》せるレベルの魔物を使役できる者がいるという話は、ゼィルム自身聞いた事がなかった。故に、でまかせだなと笑う。

ただ、その笑みが続いたのは数秒だけであったが。

「数百年前、大陸からとある種族が排斥《はいせき》されました」

ピクリとゼィルムの片眉が跳《は》ねた。

数百年前。種族。

考古学者であるゼィルムの中で、最悪の予感が脳裏《のうり》を過《よぎ》った。不穏《ふおん》な空気をロウルの言葉から感じ取ったのか、リーシェン達も全員が顔を引きつらせている。

数百年前ともなれば、平均寿命《じゅみょう》が五〇歳にも満たないこの世界においては、途方《とほう》もなく遥か昔の出来事にあたる。

「ある種族は、数百年前のその日を以て絶滅《ぜつめつ》した、はずでした。ですが、その種族のある一族だけは人知れず逃げ果《おお》せていたのです」

ロウルだけは、真の敵の正体を知っていた。

二〇〇年前に英雄らが集《つど》っても知る事が叶わなかった事実を、身を以て知っていた。

「彼らはあの孤島を『聖域』と呼んでいます」

「『聖域』？」

「ええ。『聖域』――セイクリッドと、言っていました」

「〝侵されぬ聖域《セイクリッド》〟、か」

ふぅ、とため息を吐いたのは誰だったか。

そんな事を気にすることもなくロウルは言葉を続けた。

「島は大きな見えない膜《まく》に包まれています。誰かがそこに入り込んだその瞬間に、侵入者を排除《はいじょ》する為に魔物が放たれる仕組みです」

もしかしたら、視える体質であるリーシェンであればその膜が視えるかもしれない。

なんて思ったのか、一瞬だけリーシェンに視線を向けてからロウルは細かな説明を補足《ほそく》した。

「島に入ったが最後。生きのびる為には、島の半径一〇〇メートルまで外に出るか、敵を倒す以外に方法はありません」

ですから――

「だから、準備し過ぎなんて事はあり得ないんです。負けたその瞬間に、死ぬんですよ？」

散々《さんざん》に痛めつけられ、『不死身』の身体を以てしても数百回と殺されたロウルだからこそ、力を込めて言う。

「……あの孤島に住まう種族は、吸血鬼《ヴァンパイア》」

かつて、栄華《えいが》を誇《ほこ》った戦闘種族。

あまりの凶悪さと、同族を除いた無差別の吸血行為を続けたが為に、他の種族からの恨《うら》みを買い、排他《はいた》されてしまった一族。

最早《もはや》、おとぎ話レベルの話だ。

それでも、ロウルは沈痛《ちんつう》な面持《おもも》ちから表情を変えない。

「数百年前の生き残りにして、眷属《けんぞく》である魔物を使役する主人です」

故に、ロウルは魔物をオマケと呼んだ。

その魔物でさえ、〝英雄〟クラスの強さのものがいるという。戦闘種族と呼ばれていただけに、彼らの戦闘能力は頭抜《ずぬ》けていた。

「この中の誰かが目の前で死んだとしても、怒りに駆《か》られる事だけは、ないように」

激情《げきじょう》したところで、死体が一つ増えるだけ。

多くの者を生き残らせる為にも、まずこの五人に話すべきだとロウルは考えた末、今に至る。

「もし、吸血鬼《ヴァンパイア》と出くわしたとしても、吸血鬼《ヴァンパイア》との戦闘だけは、何があっても避けるようにお願いします」

思い出されるかつての記憶。

一矢報《いっしむく》いようと足掻《あが》いた、いつかの経験。

歯が立たない以前に、相手にすらされなかった苦《にが》い思い出。そして思い知らされた、火を見るよりも明らかな、単純明解《たんじゅんめいかい》な種族の差。

対面した時、胃や腸《ちょう》が捻《ねじ》れ切れるのではと錯覚《さっかく》してしまった思い出が蘇る。それ程までに圧倒的な威圧感《いあつかん》であり、存在感であった。

故に、言う。

少しでも、生存率を上げる為に。

「──あれは、人が勝てる相手ではありません」

第五話　始まりの音

「リーシェン姫殿下とゼィルムには、これを渡しておきます」

そう言って、ロウルは彼女らに白一色の何かを一つずつ手渡していく。

大きさは直径一五センチ程で、筒状《つつじょう》のモノに丸いボタンが一つ取り付けられているだけの、簡易的《かんいてき》な装置であった。

どうも、ボタンを押す事で筒《つつ》の先から何かが打ち出される仕組みであるらしい。

「これは……」

リーシェンが見慣れないモノを不思議そうに眺めて言葉を詰まらせたところで、ロウルは笑って答えを口にする。

「信号銃です。虹の花を集め終わり次第、これを空に向けて撃《う》ってください」

リーシェンがどうしてと尋ねるより先に、ロウルの言葉が続いた。

「船はもしもの事がないように、遠方で待機させておきます。なので、それは帰還の合図です。ゼィルムがその時存命であれば、ゼィルムの能力を使う。そうでなければ、僕達がリーシェン殿下を迎《むか》えに行く目印として扱うので、くれぐれも失《な》くさないようお願いします」

どうして信号銃を渡されたのか、その理由が判明する。

死ぬ事を前提にした理由であった故に、リーシェンだけはゴクリと音を立てて唾《つば》を嚥下《えんか》していた。

「僕達は始めに船を着けた場所付近にて魔物を引きつけ続けます。ですので、信号弾を撃ったら『虚離』の能力でここまで移動を。ゼィルムがいなかった場合は、信号弾は後回しで構いません」

これが、合流する手筈《てはず》になります――と、説明が終わる。全員の理解が得られた事を確認するように、ロウルが各々《おのおの》の顔を見回した。

「説明は以上になりますが、大丈夫そうですね。では、僕は騎士達にも説明をしてきますので、皆さんは休養を取っていてください」

そう言ってから、船内に続くドアに向かってロウルが歩き出す。

十数秒後。バタン、と扉が音を立てて閉められると同時に、沈黙という名の静寂《せいじゃく》が場に降りた。

「いやに、気合《きあい》が入ってるな」

グレリアは備え付けの手すりに片肘《かたひじ》を置き、ロウルが去っていったドアを見つめる。

会った当初に抱いた雰囲気とは明らかに異なっているロウルを見て、当人がいなくなった事をこれ幸いと言葉を発する。

「オレはてっきり、ロウル・ツベルグという人間はファイみたいなヤツだと思ってたんだがな」

そう言って、苦笑いを浮かべた。

グレリアの思うファイ・ヘンゼ・ディストブルグの人間像は、どこまでも自由人。ただその一言に尽きる。

やりたいように、やりたい事を、やりたい時にやる。普段のファイの様子だけを見ていたのならば、これ程的確に表した言葉は他にないだろう。

故にグレリアは、自分より王らしいとファイを評した。

何ものにも縛《しば》られない。生きたいように生きる。

そんな生き方はおそらく、王でなければ有り得ないと思ったから。

「殿下のような人間、ですか……」

そこにフェリが加わる。

しかし、長い睫《まつげ》が映《は》えた横顔は、少しだけ沈《しず》んだような表情を浮かべていた。

「フェリは、そうは思わなかったか」

申し訳なさそうに、グレリアが訊《たず》ね返した。

特に最近は、グレリアよりもフェリの方がファイと長く接している。それはお互いに共通した認識であった。だからこそ、見えているモノが異なっていた。

「……そうですね」

口を真一文字に結《むす》び、フェリは考え込む。

脳裏を巡る情景、言葉のやり取り。

フェリが思うファイ・ヘンゼ・ディストブルグという人間像は、どちらかと言えばグレリアとは正反対。

自由とは程遠《ほどとお》い人間と、彼女は思っていた。

何かに縛られ続け、何かを抱え込み続けている。

まるでそれは己自身の中に、制約を設《もう》けているような。

それでいて人を想える心はある。

だけど、自分を想う心はない。

過去にあった何か。それを引きずり続け、自責《じせき》を重ねる事で、自分を必死に保っている。

そんな印象だ。

だから――

「ロウルさんも何かを抱えていて、その上で生き急いでいる。そんな印象を受けました。殿下もそういうところがあるので、少し似てるなと思います」

「生き急ぐ、か……」

その言葉に、心当たりはあった。

だから、グレリアは言葉に詰まる。

「そう、だな」

そして、ゆっくりと思いを馳せながら言葉を紡いでいく。

「誰もがみんな、何かしらの理由を持ってあの島を訪れる」

ウェルスを助ける為という名目であるものの、グレリアもグレリアなりに打算《ださん》があって向かっていた。

病弱で知られるディストブルグ王国第二王子。

名をシュテン・ヘンゼ・ディストブルグ。

彼が患《わずら》う病気を治す為に、グレリアは参加を決めていた。それはすでにリーシェン達にも話しており、だからこそ、ウェルスもグレリアを無理に引き止める事はできなかったのだ。

この世界において、人の死はすぐ側に転がっている。病気を患ってしまえば、高い確率で命が失われる。だからこそ、己の病が治らないと悟ってしまった時に「家族の重荷になりたくはない」とそう言って、シュテンは自分から家族全員と距離を置くようになってしまった。

下手《へた》に親しくなり過ぎてしまえば、いざその時が来てしまった際に大きな傷を与えてしまう。ならば、距離を置いてしまった方がいい。どうせ与えてしまうのならば、傷は浅い方がいい。だから距離を置かせてくれと懇願《こんがん》してきた家族の顔が、グレリアの脳裏を過っていた。

「ええ、その通りだと思います」

フェリがグレリアを止められなかった理由は、ウェルスと同様、シュテン・ヘンゼ・ディストブルグの存在があったからである。

ディストブルグ王家を第一とするフェリが、シュテンの事を持ち出されて駄目《だめ》だと言えるはずがなかった。

「出来の良い弟ばかりだと、兄らしく振舞うのも、見栄《みえ》を張るのも一苦労だ」

グレリアはそう言って苦笑《くしょう》を漏らした。

「オレはちゃんとやれてるのかね。アイツらの兄を」

どうしても、感傷《かんしょう》に浸《ひた》ってしまう。

初陣《ういじん》の時もそうであったように。

不安に駆られると、いつもこうして——

「グレリア殿下」

フェリが声をかける。

いつぞやの時と同じく、また声をかける。

初陣の時のように、また。

「貴方は紛《まぎ》れもなく、あの方々の兄君です。自信をお持ちください。でなければ、あの気《き》難《むずか》しい殿下が、シュテン殿下が、心を許すはずもありません」

フェリの励《はげ》ましに、敵《かな》わないなと表情から強張《こわば》りを霧散《むさん》させて、グレリアも微笑んだ。

「なら——」

そう言って、グレリアは腰に下げた剣に手を添《そ》えた。

名を忘れられた、魔剣。

銘無しと呼ばれる過去の遺物《いぶつ》で、魔力を通す事によって真価が発揮される、特殊《とくしゅ》な剣である。

「ここらで、兄の威厳《いげん》ってもんを見せとかないとな」

そうですねと、またフェリが笑みを向ける。

「久しぶりに、暴《あば》れてやろうか」

そこに、鬱々《うつうつ》とした表情はすでになく。

「ええ。存分に、暴れてやりましょう」

獰猛《どうもう》に、グレリアの口元は円弧《えんこ》に裂《さ》けた。

第六話　果て無き重圧

じゃり、と砂を踏む音が鳴った。船を降りるや否《いな》や、リーシェンとゼィルムとは別行動をとっており、この場に二人の姿はすでにない。

「……ここ、が？」

海沿《ぞ》いのあたりだけは割と拓《ひら》けているものの、奥へ行くにつれて鬱蒼《うっそう》と生《お》い茂《しげ》る木々が視界を埋め尽くす。

ただ、別段変わったところは見受けられない。ありふれた獣道であったり、植物であったりと、これが恐々《きょうきょう》と語り継がれる孤島なのかという感想を抱いてしまう光景。

ロウルを除いた誰もが、当たり前過ぎて化かされたような気分に陥《おちい》りながらも、森のような場所を少しずつ進んでいた。

「安心してください、はおかしいですね。ですが嫌でも理解する事になりますよ。ここがどこなのか、を。恐らくそろそろ……」

――ほら、来た。

まるで数秒先の出来事を予見していたかのようにロウルが言う。

腹の底に響くような鳴き声。

チリチリと肌を焼くような絶対的な重圧が頭上からやって来る。

「……なるほど、な」

本能が、脳が、ここは危険だと警告《けいこく》を発し始める。

喧《やかま》しいまでの警笛《けいてき》がグレリアの脳内で幻聴《げんちょう》されていた。

この先を、進むべきではない、引き返せと、自分の中の何かが訴《うった》えかけていた。

「まるで――」

神話のような世界だな、ここは。

グレリアがそう呟くより先。

ソレが頭上より姿を現した。

縦《たて》にぎゅうぅと絞《しぼ》られた猫のような楕円《だえん》の瞳。

あえて俗称《ぞくしょう》で呼ぶならば――ドラゴン。

全身は鱗《うろこ》に覆われ、音を立てて羽ばたく翼からは、ゴゥと暴風《ぼうふう》が吹き荒れる。

パカリと開かれた口内には鋭利《えいり》な歯が覗《のぞ》き、そこからゴォウッ、と収束音を立てながら赤い奔流の予兆《よちょう》が見受けられるや否や、

「フェリ」

隣で控えていたフェリの名を、グレリアが呼ぶ。

「水流、逆巻《さかま》け……！」

呼ばれた意味を察し、フェリはイメージを言葉に変えながら魔力を込める。

直後、ドンッと破裂音《はれつおん》のような勢いの良い音と共に、力強く水柱が打ち上がった。

「……ほう」

突如《とつじょ》として生まれた五つの水柱。

それらがぶつかり合い、せめぎ合う事で、逆巻いた水の奔流が生まれる。竜巻《たつまき》のような

それらの水流は、無遠慮《ぶえんりょ》にドラゴンの顎門《あぎと》より放たれようとしていた赤い奔流から身を守る盾の役割を果たし出す。

フェリ・フォン・ユグスティヌの実力を一切把握《はあく》していなかったロウルは、今目の前に生まれた現象、そこに込められた魔力の濃《こ》さ、威力《いりょく》、それらに感嘆《かんたん》の声を漏らし、目を僅かに剥いた。

壁のような役割を果たす水流が、力強い咆哮《ほうこう》と共に放たれた赤い奔流と、激《はげ》しく交錯《こうさく》。

「グレリア殿下」

シュウゥという蒸発音《じょうはつおん》の中、ぶつかり合いの余波《よは》を肌で感じながら、今度はフェリがグレリアを呼んだ。

「あぁ、分かってる」

グレリアがスラリと、腰に下げていた剣――魔剣を鞘《さや》から引き抜いた。

光沢のある白銀の刃。

見るものを魅了《みりょう》する何かが、ソレにはあった。

「いつまでも飛ばれてちゃ、かなわないしな」

正眼《せいがん》に、構える。

そして数秒後。赤い奔流――炎の息吹《いぶき》ではラチがあかないと判断したのか、爆《は》ぜるようなドラゴンの咆哮と共に、黒い鉤爪《かぎづめ》が水流を越えて飛んできた。

呼応するように大気は震《ふる》え、鼓膜《こまく》を大きく揺らすその音は、否応なく身体を萎縮《いしゅく》させてくる。

「下がっててくれ」

しかし、グレリアは襲《おそ》い来る威圧に怯《ひる》むことなくそれだけを言って、両の手で魔剣をガシリと握り、魔力を通す。

同時、薄《うっす》らと淡《あわ》い光が剣身の周囲に纏わり付いた。

魔剣の能力は単純明快で、使用者の身体強化。

切迫《せっぱく》する鉤爪を受け止めると瞬時に判断したグレリアは、魔剣の効果を発揮させ、仲間を下がらせる。

ロウル達は即座にグレリアの言葉を行動に移し、残されたグレリアの剣と、勢い良く飛んできた黒い鉤爪が衝突《しょうとつ》する。

「ッあああぁあぁぁア！！！」

グレリアは己自身を鼓舞《こぶ》するように大声を上げ、ガガガ、と地面に痕をつけながら、火花《ち》を散らしながら鉤爪を押されつつも、耐えて、耐えて――ピタリと、押しやられていた足が止まる。

そして、グレリアはニヒルに笑った。

「オレに、触れたな？」

直後——

「があぁッ⁉」

何の脈絡《みゃくらく》もなく、ドラゴンがうめき声を上げながら勢い良く地面に叩きつけられる。

まるで、いきなり磁石《じしゃく》同士が引き寄せられたかのように、宙に浮いていたはずのドラゴンの身体が目にも留《と》まらぬ速さで地面と接触。そのまま地面と密着《みっちゃく》し、押し潰《つぶ》されるかのように、刻々《こくこく》と陥没《かんぼつ》していく。

「——〝果て無き重圧《グラビティ》〟」

ポツリとロウルが言葉をこぼす。

「やめてくれ」

耳聡《みみざと》くその言葉を拾ったグレリアが、苦笑いを浮かべながら言う。

「あんまり、その呼び名は好きじゃなくてな」

グレリア・ヘンゼ・ディストブルグが、〝英雄〟となり得た存在と言われる所以《ゆえん》。

それはこの、〝果て無き重圧《グラビティ》〟と呼ばれる能力に一因していた。

自身に触れたモノであれば何だろうが、それにかかる重力を自在に変える事ができる。

それが〝果て無き重圧《グラビティ》〟。

例えばグレリアが剣を手にしている場合、その剣もグレリアの一部とみなす事ができ、剣を打ち合った瞬間に能力の発動が可能である。

唯一の制約として、触れていなければ能力は発動しない。その欠点さえなければ恐らく、グレリア・ヘンゼ・ディストブルグは比喩《ひゆ》抜きに人の枠《わく》を超《こ》えられていた事だろう、と周囲の人間は口々に言う。

「があっ……ッ‼」

ドラゴンは抵抗を未だにやめず、もがき続ける。

しかし――

「五月蝿《うるさ》い」

ズシンと更に重圧がかかった。

今やドラゴンの辺りだけ、周囲よりも随分と窪《くぼ》んでいる。一矢報いようと口内に溜められた赤い奔流は、地面に押し付けられた事により口内で暴発してしまい、ボガンッ、と小さく爆発音が響いた。

「グレリア殿下」

そんな中、フェリが声を上げた。

が、グレリアは首を横に振るだけ。

「大丈夫だ。オレが殺《や》る」

すーっ、と片手に持ち替えた剣を、這い蹲《つくば》るドラゴンの身体の上で引きずる。切っ先の切れ味により、薄い線が鱗の上に引かれながら、数十歩ほど歩いたところで漸く、ドラゴンの頭部に辿り着く。

ここは弱肉強食《じゃくにくきょうしょく》の世界。戦場において、強者こそが正義。末路《まつろ》は全て、強者のエゴによって決められる。

「相手が悪かったな」

もし、ドラゴンが勝負を急がずに、上空からひたすら息吹《ブレス》を吐いていたのならば、また結果は違っただろう。知性があるにもかかわらず、ドラゴンはグレリアを侮《あなど》った。それが敗因であり、死ぬ理由。

獰猛に輝きを見せる魔剣。

ソレが首元に添えられ――両断せしめんと、首元の側で刃が翻《ひるがえ》った。ぴしゃりと血が舞い、もがいていた巨体から生気が失われる。

「いやはや、噂《うわさ》以上ですね。何とも心強い」

〝英雄〟となり得た存在。

グレリア・ヘンゼ・ディストブルグはよくそう呼ばれていたが、その戦闘を見る限り、間違いなく実際に "英雄" クラスである。"果て無き重圧(グラビティ)" の欠点ばかりが先行し、一歩劣《おと》る存在と認識されているが、とんでもない。予想以上だ、と思わぬ事態の好転に、ロウルは嬉《うれ》しげに笑い、その技量を、能力を、心の底から讃《たた》える。

「…………」

しかし、打って変わってグレリアの表情は優《すぐ》れない。

「どうかしましたか？」

思い詰めたような面持ちで、僅かに俯《うつむ》いたまま、

「……見掛け倒し。あまりに弱過ぎる」

そんな言葉が口をついて出た。

「……あぁ、なるほど」

合点《がてん》がいったのか、得心《とくしん》したとばかりにロウルが言葉を続けた。

「この島にいる魔物――吸血鬼《ヴァンパイア》の眷属にも、力量の差があります。当たり外《はず》れとでも言えばいいんですかね」

「当たり外れ？」

「ええ。今のはどちらかと言うと、当たりの部類ですね」

話が見えない。そう言わんばかりに眉をひそめるフェリとグレリアをよそに、ロウルはそうですね、と辺りを見渡す。

「今はいませんが、吸血鬼《ヴァンパイア》も一人ではありません。船で言ったように、一族の存在なんです。古い吸血鬼《ヴァンパイア》ほど、持つ力が強大であり、また眷属である魔物も強力になります」

「道理で」

二〇〇年前とはいえ、〝英雄〟が一〇人もいて逃げ帰ったのだ。こんなドラゴンを相手に？　……そんなはずはない。時代が違えど〝英雄〟と呼ばれた者達が、あの程度に手こずるはずがない、と確信めいたものを抱いていたグレリアは、ロウルの言葉に納得の色を見せた。

「まぁ、ひたすら当たりが続いてくれるのなら、こちらとしても願ったり叶ったりではあるんですけど……」

がさり、と十数メートル離れた先から葉をかき分ける音が響いた。

そこまで接近されていたというのに、全く、今の今まで、誰一人として気づけていなかった。

その事実に、誰もが額《ひたい》に汗を滲《にじ》ませる。

それぞれの背中には、気持ちの悪い汗が滝《たき》のように流れ出ていた。

「そうは、問屋が卸《おろ》しませんよね……ッ」

ギリリと音を立てながら強く歯を食いしばり、苦虫《にがむし》を噛《か》み潰したような表情で忌々《いまいま》しげにロウルは呻いた。

第七話　ドヴォルグ・ツァーリッヒ

グレリア兄上達の出発を明後日《あさって》に控えた今日。ここはリィンツェル王都の裏街。日は真上まで昇《のぼ》りきり、俺――ファイ・ヘンゼ・ディストブルグとならず者達との一悶《ひともん》着《ちゃく》から、かれこれすでに三時間近く経過していた。

「よく平気な顔でいられるね……」

そう口にしたのは、ここの番をしていると言った少年。〝影剣《スパーダ》〟によって刺し貫かれた者達は、血を流しながらソレを引き抜き、怨嗟《えんさ》の声を残してすでにこの場を後にしていた。

だが、彼らがいなくなっても、こびりついた臭いは払拭《ふっしょく》されずに漂い続けている。

金くさい臭い。死臭《ししゅう》とも言っていいソレは顔を顰《しか》めるには十分過ぎて、少年は渋面を作りながら俺に尋ねかけていた。自分と歳のそう変わらない俺が、こんな異臭《いしゅう》に満ちた場所でどうして平然とドヴォルグ・ツァーリッヒを待ち続けられているのか、を。

「苦手《にがて》意識が薄いんだよ」

淡々《たんたん》と答える。

「……苦手意識が薄い、かぁ」

眉根を寄せて、訝《いぶか》しむように俺の言葉を復唱《ふくしょう》する少年。

そこには疑念《ぎねん》に似た感情が入り混じっていたが、それは俺が強がっているのでは、という意味ではなかったのだろう。続く少年の言葉がそれを証明していた。

「ディストブルグはそんな血腥《ちなまぐさ》い国じゃなかったと思うんだけど」

仮にも一国の王子が、うんと濃密《のうみつ》な死臭に慣れているなど、それこそ戦場に身を置き続けたのでもなければあり得なかった。

その問いがあまりに的確過ぎて、俺は思わず小さな笑みを漏らす。

「さぁな」

でも、肯定するわけにはいかなかった。

確かに少年の言葉、考えはこれ以上なく正しいものだ。しかしここであえて、この少年に自分の過去をひけらかす気には到底《とうてい》なれなかった。

だからうそぶき、仄《ほの》めかす。

傍《はた》から見ても明確に顔を顰《しか》め続ける少年を見据《みす》えながら、

「慣れても得する事なんざ何もないと思うけどな」

そう言う。

血や死というものは慣れるものではない。

慣れちゃ、いけないものだ。慣れてしまった哀《あわ》れなヤツの末路を身を以て知っているからこそ、俺は忌避《きひ》し続ける。だからこそ、こうして非難《ひなん》めいた言葉を述べるのだ。

「ともあれ、悪かった。あいつらはああするしか方法が浮かばなくてな」

番をしている少年には、本当に申し訳なく思う。

ただ、こいつは日和見《ひよりみ》を決め込み、他人の不幸を、あの時で言えば俺が暴行を受けるのを、下卑《げび》た笑みを浮かべて見届けようとしたのだ。少年が血の臭いが苦手と分かった時、ざまぁみろと少しだけ思ってしまったのは仕方がないだろう。そっと心にしまっておこうと決めつつ、胸中でせせら笑う。

「残り香《が》に耐えられないようであれば帰ってもいいぞ。ドヴォルグ・ツァーリッヒには俺が伝えておく」

「ただ――」

「……冗談。君みたいな危険人物を残して帰ってみなよ。ぼくの首は一〇〇%飛んじゃうだろうね、物理的な意味で」

「そりゃ悪かった」

悪びれもせず、俺はそんな事をほざいた。

「にしても君、本当に待つの？」

呆れたような眼差《まなざ》しで、少年は俺を見る。

勘弁《かんべん》してくれ、と表情が全てを物語っていた。

「待つ。俺も色々と譲れない事情があるんでな」

譲る気は一切ないと言わんばかりに俺は即答する。

何時間でも待つという意思を感じ取ったのか、少年は肩を竦《すく》め、深いため息を吐いた。

「あのさぁ、大旦那はいつもここに来るわけじゃないからね」

だから、待ってたとしても無意味に終わるかもしれないよ、と言外《げんがい》に言う。

少年にとって得体の知れない俺という人間を追い返す方便《ほうべん》にも聞こえるが、恐らく事実だろう。

自国で懇意《こんい》にしている花屋から渡された紹介状のようなものには、居住地が三つ程記載《きさい》されていた。拠点《きょてん》が三つあるのならば、そのうちの一つを今日訪れなくとも、なんら不思議ではない。

「それで？」

だけれど、俺には関係なかった。

仮に今日会えなかったとしても、明日また。

明日も無理であるならば、明後日。

無理に探して彷徨《うろつ》くよりも、一点に留まり続けた方が余程効率的に思えた。だから俺はここから動く気は一切ないのだ。

「はあぁ……」

大きな、深いため息。

「何でこんな日に限ってぼくが番なんだろうなあ。ほんっとついてない」

「は、ははっ。あはははっ」

堪らず、笑みが漏れる。

ついていない。

それは俺がならず者に襲われた時に思った事である。

商人に会うからと華美《かび》な服装をしてきたら襲われ、会いたかった人間にも会えていない。

これをついていないと言わずなんと言おうか。

だが、俺はすでにこの状況を仕方ないと許容《きょよう》してしまっている。

「人生なんて、ついてない事ばっかりだ。思い通りに動かないと割り切ってなきゃ、疲れるだけだろ？」

もし、俺がついている人間であったなら、恐らく先生達《みんな》と別れる事はなかっただろうし、俺のグータラ生活もまだ続いていたはずだ。

だけど、現実は違う。

「でも、それが人生だ。人生、なんだ」

悲観し続けてきた俺だからこそ言える。

ついてない事が全て悪いとは思えなかった。

何故ならば、ついてなかったからこそ得られたものがあったから。掛け替えのないものは、ついてなかったからこそ得られたのだと、自覚していたから。

「……それに、ついてるだけの世界程つまらないものもないと思うぞ」

もしついていたならば、前世であんな終末世界には生まれ落ちなかっただろう。

当たり前の幸せを当たり前に享受《きょうじゅ》するだけの当たり前の世界。そんな場所に生まれ落ちていたはずだ。

しかしそれでは、先生達《みんな》との出会いは生まれなかっただろう。誰かを失う悲しみを味わう事はなかっただろう。当たり前を得られる代償《だいしょう》として、それ以上に大事と思える人との繋がりを、俺は得られなかったに違いない。

だから俺は、ついてない事を悲観したりはしない。

「ぼくはつまらなくてもいいよ。ぼくが幸せならそれで」

「ま、捉え方は人それぞれだよな」

少なくとも俺は、ついてない先に待ち受けるものが決して悪いものではないと知っているから、この考え方を貫いている。

「だがまあ」

そこで言葉を止める。

カツ、カツ、とひと気《け》の少ない裏街に足音が響いた。それに続いて靴底《くつぞこ》をするような音も聞こえてくる。

「今日の俺は、少しはついていたらしい」

「うえ……」

喜悦《きえつ》に片眉を跳ねさせる俺とは裏腹に、嘘《うそ》だろ……とばかりに少年は顔を歪ませる。

「よりにもよって今日来るのかよ、大旦那……」

護衛と思《おぼ》しき男性を伴い、歩いてくる一人の女性。

歳は三〇歳程だろうか。

終始、少年に視線を寄せて笑顔を向けている。

対して少年はピクピクと頬をヒクつかせながら、歯と歯をガチガチと小刻みに噛み合わせ、その音を周囲に響かせていた。端的《たんてき》に言うと、怯え震えていた。

「ねぇ、私は誰もここへは近寄らせるなと。そう申し付けていましたよね？」

透《す》き通るような声。

綺麗《きれい》な声だなと、反射的にそんな感想を抱いた。

「え、ええ。そうなんですけども……」

「それに、えらく血腥い。貴方はここで何をやっていたのです？　番としてここにいる意味はあるんですか？」

「お、大旦那。それにはわけが……」

少年が詰問《きつもん》を受けてる最中、俺はその場から立ち上がり、護衛だろう人間に気を配りつつ歩き出した。

一歩、二歩と殊更《ことさら》にゆっくりと進み、自分という存在を主張する。

少年が大旦那と呼んだ女性との距離が五メートルを切った辺りで、俺は漸く足を止めた。

「『豪商』――ドヴォルグ・ツァーリッヒで間違いないか」

ドヴォルグとは、明らかに男性の名前である。

目の前の女性に対して、そう問いかける事は少し憚《はばか》られたが、少年が大旦那と呼ぶ以上、彼女がそうなのだろうと判断し、聞いていた名を呼んだ。

「そうですけど、私に何か用でも？」

少年への詰問をやめ、女性は俺と向き合う。

キツめの眼光が此方を射抜《いぬ》いてくるが、それを暖簾《のれん》に腕押しと受け流す。

「ウォリックの紹介を受けて、俺はここへやって来た」

「……ウォリックが？」

やはり覚えがあったのか、神妙《しんみょう》な面持ちで女性はボソリと呟いた。二人の関係は分からないが、少なくとも浅い関係ではないのだろう。

「あんたに、頼みたい事がある」

時間は、あまりかけていられない。

だから回りくどい方法ではなく、単刀直入に。

「少し、話をしたい。時間を取ってはくれないか」

第八話　商人

「……はぁ」

ドヴォルグが煩《わずら》わしそうに一息吐いた。

足元から頭まで、値踏みするように俺を見つめた後、彼女は目を細め、焦点《しょうてん》を俺から外す。

「どこの貴族さんかは知りませんけど、私もそんなに暇《ひま》な人間ではありません。お帰り願えますか――と、本来ならば言いたいところではありますが、ウォリックの紹介とあっては門前払いするのも気が引けてしまいます」

そのままスタスタと歩き、俺の隣を横切ってドアの前まで歩み寄る。そしてドヴォルグがドアノブに手を伸《の》ばし、掴んだ瞬間――ガチャリ、と解錠《かいじょう》された音が鼓膜を揺らした。

「話は中で伺いましょう」

ドヴォルグはゆっくりと、迎え入れるように扉を開く。

「中へどうぞ」

彼女は愛想笑《あいそわら》いのような笑みを顔に張り付けつつ、そう俺に促した。

「話がある、でしたか」

部屋の中は無人だった。

護衛をしていた二人のうち一人は執事《しつじ》のような立場なのか、手慣れた様子で紅茶を二人分淹《い》れている。

仄《ほの》かな紅茶の香りが、室内を満たし始めていた。

「ですが、その前にお尋ねしたい事があります」

木造りの長テーブル。

ドヴォルグと俺はそれを挟《はさ》むように設《しつら》えられたソファに深く腰掛け、向き合っている状態だ。

「私も商人の端《はし》くれ。たとえウォリックの紹介であろうと、はいそうですかと頼みを素直に受け入れるわけにもいきません。それに、物事や常識を理解できない馬鹿と取引するつもりも、毛頭ありません」

そんな事を言って、ドヴォルグはじっと見つめてくる。

彼女の視界には俺が映っているだろうが、その視線は俺にではなく、羽織《はお》っている華美な衣装《いしょう》に向けられていた。赤色が基調《きちょう》となった特徴的な刺繍《ししゅう》に、焦点が寄る。

「ディストブルグ王家の紋《もん》」

そう口にして、俺の反応を窺《うかが》うドヴォルグ。

「貴方が真に王家の人間であるか。それを確かめる術《すべ》はありませんが……」

ドヴォルグが目配《めくば》せをする。

紅茶を淹れていないもう一人の護衛に。

加えて、番と言っていた少年に対してだ。

「見たところ、護衛の一人も連れていない」

王族や貴族ならば、護衛の一人や二人伴わせているのが常。だというのに俺の隣には誰もいない。

その事実をドヴォルグがあえて声に出して指摘する。

「ここはならず者が蔓延《はびこ》る裏街。些かそれは——」

言葉と共に、護衛の一人と、どうしてか半ば泣きかけな表情を浮かべる少年が、腰に下げた得物に手をかけた刹那。

「驕りが過ぎやしません……」

「〝影剣《スパーダ》〟」

「か……？」

護衛と少年の影から、影色の剣が生《は》えた。

以前水竜に対しても使った技術——〝影縛り《スパーダ》〟。

〝影縛り《スパーダ》〟の能力は、影の固定。

対象とする者の影に〝影剣《スパーダ》〟が突き刺さる限り、その者の影を固定するという能力を持つ。

それは同時に、本体の身動きの一切を許さない。

殺意は一切込められていなかった。

つい先程、血腥いのは嫌いと言っていたドヴォルグだ。殺す気ははなからなかったのだろう。それを理解していたからこそ、俺もこの二人の行動を縛るだけに留めた。

「…………」

大の大人と、腕に信頼を寄せていた番の少年。

彼らがどうしてか、得物の柄に手をかけたところで行動を止めてしまっている。否、止めさせられている。今も尚、二人が必死に抵抗しようとしている事は、強張った表情から容易に知る事ができる。だからこそ、ドヴォルグは驚愕を表情に張り付けていた。何が起こったのか、と言わんばかりに。

気づけば、彼女は黙《だま》り込んでいた。

「あんたの言った事はもっともだ。が、俺の頼みは多分、護衛を連れなければならないような軟弱者《なんじゃくもの》と思われた時点で、門前払いをされる気がしたんだ」

あくまで敵意はない。そう示すように俺は人懐《ひとなつ》こい笑みを向ける。

グレリア兄上は、絶対に俺の島への同行だけは認めないだろう。

王族が二人も死んでしまうような事態に陥るわけにはいかない上に、俺をアフィリス王国への援軍の時のように死地へ向かわせる事を、今度こそ拒むだろうから。

であるならば、俺には兄上とは別の手順で向かう選択肢しか、用意されていなかった。

「俺はサーデンス王国領に位置する孤島に向かいたい。だからとびきり頑丈《がんじょう》な船を貸してほしい」

サーデンス王国領の孤島といえば、一つしか存在しない。虹の花の伝説が実《まこと》しやかに囁《ささや》かれる、魔の孤島しか。

「……それは、サーデンス王国領に向かう為の船ですか？　それとも、直接孤島に向かう為の船ですか？」

一瞬で二人を無力化させた技量と、馬鹿としか言いようがない注文に対し、呆れを通り越してむしろ冷静になってしまった脳内で言葉を絞り出したドヴォルグが、確認するように返答した。

「無論、後者」

「…………はぁ」

頭が痛いと、表情がものを言っている。

「理由を、聞きましょうか」

虹の花が咲く魔の孤島。

そこに向かうには、二つあるルートのどちらかを通る必要がある。

一つ目は、サーデンス王国を経由するルート。

よりオーソドックスなルートであり、安全面を考慮《こうりょ》するならばこちらを選ぶ事になるだろう。

二つ目は、直接魔の孤島に向かうルート。

サーデンス王国を経由せずに向かう為、時間は短縮《たんしゅく》できるが、その分リスクが伴う。

孤島周辺には〝海獣〟と呼ばれる魔獣が棲み着いており、船で通れば間違いなく彼らに襲われて沈没《ちんぼつ》してしまうと言われていた。

サーデンス王国を経由するのであれば、二〇〇年前に孤島に向かった〝英雄〟の一人が限定的に作り出した、海獣が棲み着けないように細工《さいく》された安全な海路《かいろ》があるのだ。

ドヴォルグは、どうしてそんな命知らずな事をしようとするのか、その理由を尋ねていた。

「俺を、心配する奴がいる。だから、そいつらを守る為に俺は剣を振るう。振るう為に島へ向かう。そうしたら、こんな空《から》っぽな俺の人生にも意味があったんだと思えるのさ……守る為に剣を振るう。俺が剣を握る理由なんざそれくらいでね。これが、あんたが心底呆れてる行為を敢行《かんこう》する理由だよ」

死ぬ事は、別に怖いと思わない。怖ろしいと思わない。

本当に怖いのは、幸せと思えた日々が二度と戻らないと知ってしまう、孤独に陥る瞬間であるから。

なんだかんだでこの日常が、フェリやグレリア兄上がいる日々が、大切だと思えてしまっている自分がいる。だから、俺は島へ向かわなくてはならないのだ。

「孤島に向かい、仮に死ぬ事になったとしても、誰かの為に死ねるなんて上等過ぎる死に方だと思わないか？」

先生達《みんな》は、意図して誰かの為に死んだわけではない。結果として、誰かの為に死んでしまっただけ。

死ぬ理由に他者を使う。

それは死に逃げる際の甘えでしかないと、頭ではちゃんと分かっている。それでも、俺は強い人間ではないから。そんな言い訳を、人知れず心の中でまた、してしまう。

「…………」

返す言葉が出てこないのか。

ドヴォルグは黙ったまま、顔を顰《しか》める。

護衛の二人に戦意がない事を確認し、機を見て〝影縛り《スパーダ》〟を解除するも、彼らも動く気配がなかった。

一度は死んだ人間の、嘘偽《うそいつわ》りのない言葉であるからこそ、ものを言わせぬ重みが増す。

「……名前を、聞きそびれていました」

絞り出すようにしてやっと出てきたドヴォルグの言葉は、か細い声で紡がれた。

「ディストブルグ王国が第三王子、ファイ・ヘンゼ・ディストブルグ」

「……よりにもよって、あの〝クズ王子〟ですか」

「くはっ、あははっ」

忌憚《きたん》のない言葉。

面と向かって〝クズ王子〟と呼ばれるのは案外初めてかもしれないと、堪らず、笑みが漏れた。

「ああそうだ。俺が〝クズ王子〟だよ」

彼女の言葉を肯定する。

しかし、言葉はここで終わらない。

「〝クズ王子〟なんて呼ばれてる身だ。このくらいの馬鹿げた行為、俺ならばやってもおかしくはないだろ?」

生きる為に、剣を振るっていた。

いずれ、先生に恩返しができるようにと、剣を握っていた。

そんな俺は、最後に剣を捨てた。

だというのに、一度は捨てたはずの剣をまた執《と》ってしまった。誰かを守る為にという、終生《しゅうせい》届かなかった感情を剣に乗せて。

「世間様の付ける呼び名も馬鹿にできないよな、ほんと」

こんなにも的確に言い表しているのだからと、俺は愉《たの》しげに笑う。

先生達《みんな》から弱いと言われ続けてきた俺が、誰かを守るなんて傲慢《ごうまん》でしかないと分かっているけれど。今生は、少し我儘なくらいが丁度いい、と思ってしまった。いや、我儘にならないと掴みとれない、と知ってしまった。

守ると、死なせないと約束をした。

だから俺は、それに応えなければならない。

たとえ他の誰かが不可能だと言おうとも、我儘に、俺は俺にとって最善の結果を手繰《たぐ》り寄せようと試《こころ》みる。

「理由は今の通りだ。その上でもう一度言わせてもらう」

ソファから立ち上がり、王族と名乗った上で、頭を下げる。

こんなクズが頭を下げたところで然程《さほど》価値はないだろうがな、と自嘲《じちょう》しつつも、体裁《ていさい》は大事だと自分に言って聞かせ、身体を動かした。

「無理難題《むりなんだい》でない限り、どんな条件だろうと呑む。だから」

ずるずると、俺を父上の下に引きずっていったり。

ガミガミと怒り出したり。

それでいて気遣いをやめない、あのメイド。

そんな光景を見て、面白《おもしろ》そうに笑ったり。

相談に乗ってくれと急に部屋を訪ねてきたり。

オレの代わりに魚を食べてくれと頼み込んでくる、兄上。

それは俺にとって、大切な日常だ。

あの時の二の舞にだけは、してはならない。だから、声を張り上げて叫ぶのだ。

言葉にして、訴えかけるのだ。

「──俺に船を、貸してくれ」

第九話　約束だから

「……はぁ」

もう何度目か分からないため息が、ドヴォルグの口から聞こえてきた。

あり得ない。呆れた。

そういった感情が表情の端々《はしばし》に張り付けられており、目に見えて分かってしまう。

「仮にも一国の王子が、どんな条件だろうと呑む、なんて安易《あんい》に言うもんじゃありませんよ」

恥《はじ》も外聞《がいぶん》も投げ捨てた交渉、縋《すが》るように頭を下げるなぞ、足元を見てくださいと言っているようなものだ。

多分、フェリあたりは怒るだろうなぁと、その姿を瞼の裏に浮かばせながらも、俺はこの行為を止めようとは思えなかった。

「確かに、その通りだと思う」

ドヴォルグの言葉を肯定する。

どこまでも正論な言葉に、その通りだと認める。

だけれど。

「でも残念ながら、俺は交渉なんてものをした経験は一度もねえんだ」

前世では剣に生き、ひたすらに生きる事だけを考えていた。そして今生では気ままに生を享受するだけだった。別にこの世界に執着心《しゅうちゃくしん》もなく、ただ無為《むい》に過ごし続けたが為に、常識と呼ばれる知識ですら今の俺には欠如《けつじょ》している。

祖国《そこく》であるディストブルグ王国の事ですら、十全に話せる気は一切しない。恐らく、目の前の商人——ドヴォルグの方がよっぽど詳しいはずだ。

交渉なんて、俺には以ての外《ほか》であった。

「だから、何をしてはダメかなんて知識は、ハナから持ち合わせちゃいない。なに、簡単な話だ。俺は俺が思った通りに行動する。ただそれだけだ」

俺に向けて交渉のタブーを語ったところで無駄である、と言ってみせる。

見栄を張ったところで恐らく……いや、絶対に看破される自信があった。

それでなくとも、感情が表情に表れやすいと言われ続けてきたのだ。商人として生きてきたドヴォルグを、俺程度が騙《だま》せるとは到底思えない。

だったら、恥も外聞も投げ捨てて頭を下げて頼み込めばいい。俺は交渉なんてできるほど、頭の出来は良くない。だからこそ、俺なりの方法で頼み込むしか、選択肢はなかった。

少なくとも、腹に一物あるような態度を取るよりは、その方がよほどマシなものであると俺には思えた。

「馬鹿も馬鹿。それも大馬鹿者ですよ、貴方は」

「もとより、〝クズ王子〟なんて呼ばれる身だ。今更、馬鹿なんて呼称が一つ増えたところで、痛くも痒《かゆ》くもない」

呼び名なんてどうでもよかった。

罵倒《ばとう》されようとも、暖簾に腕押しだ。なにせ、俺が馬鹿である事は、誰よりも俺自身が知悉《ちしつ》していたから。

「……取り敢《あ》えず、頭を上げてください。話はそれからです」

髪を掻き上げながらまた、ドヴォルグが肩を竦めた。

「一つだけ、尋ねさせてもらいます」

話は続く。

門前払いをされなかった。であるなら、俺の判断は、正しかったと考えていいのだろう。

こうしてじっと、俺の心の裡《うち》を知ろうとドヴォルグは、視線を一瞬たりとて俺から離さない。

俺はゆっくりと頭を上げて、再びソファに深く腰掛ける。

「貴方が、そうまでする理由は何です？」

俺の行動原理は、他者の理解の埒外に位置している。だからドヴォルグには不思議に思えて仕方がなかったのだろう。

商人に頭を下げ、試さんと剣を突きつけようとした無礼すら許し、ならず者が集まる裏街に王族が一人で赴いて、恥も外聞も捨てて頼み込む。

はっきり言って、おかし過ぎる。

常識的に考えてあり得ない。本来、あってはならない光景だ。立場を重んじる者が見れば卒倒《そっとう》ものである。

尋常でない事は、流石の俺にも自覚がある。

自覚しているからこそ、ドヴォルグの主張はもっともであると口元を緩めた。

「ただの、自己満足だ」

自己欲求を、ただただ満たさんが為の行動。

これは、俺の我儘だ。

それ以上でも、それ以下でもない。

「でも、綺麗に言い換《か》えるとすれば……約束したから、だろうな」

我知らず、言葉に力が込もった。

「貴方は、王子という立場でありながら、自己満足と約束の為に、死地に身を投じると？」

「あぁ、そうだ」

俺は即座に、首を縦に振った。

もっとも、俺自身は孤島を死地と認識していないのだが、ここであえて己の価値観を押し付ける理由もないかと、首肯《しゅこう》するだけに留める。

「…………」

呆れてモノが言えない。

ドヴォルグの表情はそう言いたげであった。

「約束なんだ」

『約束』という言葉に反応して、声が聞こえた。

その声はやがて、幸福な過去の映像として現実と交錯する。いつかの声が、幻聴が、俺の頭の中を侵《おか》し始めた。

『守ってやるっての。お前ぐらい』

果たせなかった約束が、蘇る。
どう足掻こうとも手の届かない記憶に——幻覚に独り酔《よ》い痴《し》れる。

◆◆◆

『本当かなぁー?』
間延《まの》びした特徴的な声が思い起こされる。
忘れるはずもない。何かにつけて、付きまとってきた女性——ティアラの声だ。
『なんだよ。俺が嘘ついてるとでも?』
『ううんー。そうじゃないんだけど……んー』
『勿体《もったい》ぶってないでさっさと言えよ』

『え？　いいのー⁉　じゃ、お言葉に甘えて遠慮なく』

ぱあぁ、と花咲くようにニコリと笑うティアラであったが、そんな表情とは裏腹に、出てきた言葉は毒も毒。

俺の瞳に映されていた笑顔は、真っ黒な微笑みであったのだと、直後、否応なしに理解させられる。

『だって＊＊＊ってすっごい弱っちいじゃん？』

『うぐっ』

『というか、むしろあたしが守る側というか？』

『ごふっ』

『そういえばこの前もあたしが守ってあげたような気が……』

『かはっ』

言葉の猛毒、しかも容赦《ようしゃ》ない三連コンボ。

言葉の暴力を前に、俺は抵抗する暇すらなく地に倒れ伏した。

『おーい、ティアラ。そのくらいにしてやりな。＊＊＊が虫の息になってるからさ』

様子を見ていた先生から声がかかる。

ティアラはといえば、追い討《う》ちをかけんと、うーんと……などと言いながらその出来事を思い出そうと必死で、俺の様子など気にも留めてもいなかった。

『ええ？　うわっ、ほんとだ』

言われて漸く気づいたのか。

よいしょっ、なんて掛け声と共に、彼女は俺のすぐそばで屈《かが》んだ。

『だから言っていいのか悩んでたのにー』

『う、うっさい』

言葉の暴力に呆気《あっけ》なく撃沈《げきちん》してしまっていた俺の様子に肩を竦めながら、ティアラは同情めいた視線で俺の身体を射抜く。

『……今は弱いけど、将来、俺は誰よりも強くなるからいいんだよ。今は好きなだけ言ってろ‼』

ヤケクソにそう言い捨てると、ティアラは面白おかしそうに、あははと声を上げて笑った。

『そっかそっか。なら今から猛特訓しないとね』

『あ、当たり前だろ‼』

ティアラの言う猛特訓は、文字通り死の淵《ふち》に立たされるレベルの猛特訓だ。なので少し言い淀《よど》んでしまうが、後は野となれ山となれと胸中で悲鳴を上げて半ば自棄《やけ》になりつつ、俺は肯定した。

『なら、ほら』

俺よりも小さな手が差し伸べられる。

力を込めれば容易に折れてしまいそうな、華奢《きゃしゃ》な腕。

『ひとまず立とう？ 特訓、するんでしょ？』

『ッ』

がしりと力強く彼女の手を取り、愉しげに笑うティアラにグイッと引っ張り上げてもらって身体を起こす。

『待ってろよ……』

『んー？』

不思議そうに彼女は顔を傾《かし》げる。

頼りない、という言葉が世界一似合う俺であるけれど。

『いつか！ 絶対！ ティアラだって俺が助けてやるから……ッ』

『あたしを助けるとは、＊＊＊も言うようになったねえ……でも、うん。なら期待して待っておくね』

◆◆◆

もう、何度もこの光景は夢で見た。

悲しみは、もう抱けない。

ひたすらに後悔《こうかい》が募《つの》っていくだけ。

あの時あの瞬間からやり直したいと思っても、それは叶わない。掴み損《そこ》ねたものは、二度と戻ってこない。

——お前達だけは死なせねえ。たとえ何があっても。

フェリに向けて言った言葉が、頭の中で繰り返される。

「約束、なんだ」

確認するように、もう一度言う。

「馬鹿な事を言ってる自覚はある。それでも、約束なんだ」

「……ウォリックが貴方に私を紹介した理由が、分かったような気がします」

いつ割り入ったものかと悩み、淹れた紅茶を盆に置いたまま立ち尽くしていた護衛の一人に向けて、ドヴォルグが手を伸ばす。

次《つ》いで、何かを持つようなゼスチャー。

紅茶をくれ、という合図であった。

「……ただ今お持ちいたします」

余程気を紛らわしたかったのか。

紅茶の注がれたカップの取っ手に手を伸ばし、ドヴォルグは間髪《かんはつ》を容《い》れずにそのまま口に運《はこ》ぶ。

口内へ広がる芳香《ほうこう》を楽しむ素振りも見せず、彼女は能面のような表情で一言。

「……温《ぬる》い」

「……淹れ直しましょうか？」

数分前に注がれていた紅茶は、とうの昔に冷めてしまっていた。

「いえ、結構です。片付けてください」

すすす、とお盆を脇《わき》に抱え、もう一つのカップを俺の前に移動させる男性に向けて、ドヴォルグは不機嫌な様子を隠そうとすらせずにカップを押し付けた。

「はぁ」

どうしたものかと思考の海に沈みながら、彼女は視線を下に落とす。

場に静寂が満ちたまま、数分が経過。

刻々と、空気に走る緊張《きんちょう》が増していく。

そして
「……分かりました」

彼女の言葉が、その沈黙を破った。

「船は、こちらが手配いたしましょう」

「大旦那っ⁉」

意外とも思える決定。

それに対していの一番に声を上げたのは、番をしていた少年だった。

「黙りなさい。これは私の決定です」

現時点では俺の身元を証明する術はなく、取引というより、俺の一方的な懇願に近い。

妄言《もうげん》の可能性のある交渉をドヴォルグが了承した事が、少年にとっては余程意外だったのだろう。

「一応、改めて確認しますが……」

ドヴォルグが眼光を強め、俺の表情を窺う。

嘘偽りは許さない。そんな意志の込められた瞳が俺を射抜いていた。

「要求はなんでも、構わないんでしたよね？」

「二言はない」

「であれば結構」

おもむろにドヴォルグがソファから立ち上がり、奥にあるドアへと歩き出した。

「五日後の早朝。南東に位置する港に来てください。それまでに船はご用意いたします」

彼女はドアノブへと手を伸ばし、捻《ひね》ってから引き開ける。

「貴方への要求に関してはまた追って連絡をします。ここまでで質問は？」

「ない」

「でしたら、私はこれにて失礼させて頂きます」

そして、扉の向こう側へと、彼女が姿を消す直前。

「ごきげんよう」

小さく響いたその声と、静かに閉められた扉の音が、どうしてか普段よりもずっと大きな音として部屋に木霊《こだま》したように、俺には思えた。

第十話　シュウライ

「キリが、ないッ……!!」

度重《たびかさ》なる戦闘により、痛々しくも開けてしまった森の中。

ウェルスが剣を片手に、魔物の血肉を斬り裂きながら呻いた。

殺しても殺しても底を突かない。永遠に湧き出てくるのではないか、そんな現実離れした懸念が脳裏を過り、余計に疲労が強く体に滲み込む。

連れてきた騎士達の中にはすでに死者が出ており、時間と共に目に見えて不利になる現実に、精神は容赦なく削《けず》られていく。時間が何倍にも引き伸ばされる錯覚に陥りながらも、剣を振るって、振るって——ひたすらに振るい続ける、その繰り返し。

(……マズイ、ですね)

ただ一人、『不死身』の異名《いみょう》を持つロウルだけが、疲労感を一切見せていなかった。だが、それとは裏腹に、彼は物憂《ものう》げに思案を続けていた。

(予想よりもずっと早く、魔物の質が高くなってきている……)

刻々と濃くなっていく死の気配に、いつになく研《と》ぎ澄《す》まされた本能が、悲鳴を上げていた。

統率された魔物には、人間の兵士と同様に様子見《ようすみ》、偵察《ていさつ》、そんな斥候《せっこう》の役割を与えられている場合がある。

グレリアが一番はじめに倒したドラゴンは、その典型例であった。

しかし今いるこれらは、明らかにそんな役割を課されてはいない。それが意味することは一つ。此方に牙を剥き続けている魔物の主が近付いて来ている可能性が高い。

ロウルが己の考えをまとめ、周囲に注意喚起《かんき》しようと試みた——その時だった。

波のように押し寄せていた魔物の勢いが突如失われ、水を打ったように静寂が奔《ほとばし》る。騒がしく哮《たけ》り狂っていたはずの魔物達がぴたりと、その場で静止した。

「魔物の、勢いが……！」

それは一体誰の声だったか。

堰《せき》を切ったように押し寄せていた魔物の動きが止まった事に対する、安堵《あんど》に似た声であった。

これで休めると、大半の人間が一瞬先の安らぎを夢想《むそう》する。

しかし、そんな折。

ざっ、と土を蹴《け》ったような足音が聞こえた。

獣道の先から、やけに響くその足音が近づいてくる。

一度安堵の感情を抱いてしまった人間は勿論、三六〇度全方位に向かって警戒《けいかい》を怠って いなかったグレリアですら、視認《しにん》できる距離まで近づかれて漸く気づく事のできる、隠形《おんぎょう》に似た歩行。

息を吐くようにそれを実行した者を発見できたのは、ロウル・ツベルグただ一人。

「やはり、来ましたか……」

叶うならば、まだ出会いたくなかった、と。

忌々しげに呟くロウルの声を耳にした事で、突如として現れた存在への知覚が波紋《はもん》のように広がった。

ロウルがどうして吸血鬼《ヴァンパイア》の話をしたのか。理由は全て、この時の為であった。

吸血鬼《ヴァンパイア》は、とある世界を介して己の眷属である魔物を召喚《しょうかん》するその際に、リンクと呼ばれる感覚のようなものが、限定的に自覚できるようになる。召喚した魔物が斃《たお》されれば主人に伝わり、また主人が斃されれば眷属である魔物は現界する世界との繋がりを失い、存在を留めておけなくなってしまう。

だから、魔物を倒せば倒す程、本体である吸血鬼《ヴァンパイア》がこの事態を察知し、眷属である魔物では対処不可能だと判断し、出しゃばってくる可能性が高くなってしまう。だからこそ、この状況はロウルにとっては元々予定されていたものであった。

――いつから、いた……？

ロウルの言葉を耳聡く聞き取ってその存在を確認したグレリアが、内心で毒づいた。獣道を進んだ先。

船に注意が向かないようにと少しだけ奥へ進み、あえて地形が不利になる場所で戦いを続けていた。

四方八方から敵がやって来る為、注意は可能な限り周囲全体に向けていた。背中はフェリに預け、前方への警戒を一瞬だって怠ってはいない。だというのに、いつの間にか、まるで随分前からいたかのように、目の前の視界に現れた。

本当に、一瞬。瞬《また》く間である。

家の庭でも散歩するかのような軽《かろ》やかな足取りで、ゆっくり、ゆっくりと距離が詰められていく。

見た目は、人間。

腰には透き通った剣が一本。

ぴったりと誂《あつら》えられたコートのようなものを羽織っていた。

醸《かも》し出す雰囲気は貴族めいており。

眼の色は、赤みを帯《お》びている。

見え隠れしている陶器《とうき》のように白い肌は薄気味悪い。

アイツは危険だ、とチリチリと脳に痛みが走る。

本能が訴えかけてくる。

コイツは、自分よりもずっと強い、と。

「……ッ」

グレリアは下唇を強く噛む。

コイツは、早々に倒しておかなければマズイと判断し、剣を握る手に力を込める。一瞬とて目が離せられない程強大な目の前の男に対し、敵意を滲ませた。

「グ――」

――レリア殿下、と。

様子がおかしくなった事を察し、ロウルが呼びかけようとするが、それより先に、グレリアは形相《ぎょうそう》を変えて駆け出した。

血に塗《まみ》れた魔剣を片手に、急迫《きゅうはく》。

己へ向けて重圧変化。意識的に配分していた体力を無視して、全力を今という瞬間に注ぎ込む。

「は、ッあああぁぁあああッ!!」

焦燥感に駆られた胸中を押し隠すように、思い切り叫び声を上げる。

何もかも、邪念《じゃねん》を払わんと吼《ほ》えた。

音を立てながら思い切り大地を蹴り、得体の知れない何者かに向かって突進を続ける。

生きとし生ける者は皆、死を恐れる。

死を恐れ、生に固執《こしつ》する。

その理由は、大切な者がいるから、死ぬ事が怖いから、人それぞれ、様々である。

そうして人はみっともなく生にしがみつく。

グレリアの行動の理由もその一種。

不意を打てるこの好機を逃してしまえば、二度と倒せる機会はないかもしれない。死んでしまうかもしれない。そんな恐れが、彼を突き動かしていた。

「悪く、思うなよ……ッ」

上段に構える。

そして温厚《おんこう》で知られるグレリア・ヘンゼ・ディストブルグらしくない殺意が籠《こも》り、一陣の暴風が吹き荒れる。脳髄《のうずい》の奥に宿った闘争の熱に身を任せ、重圧を込める。

この一撃で、全てを決める。

そんな想いを胸に、全身全霊をかけ、魔剣を握る腕に更に力を込めた。

確実に仕留《しと》められるように、力を込め続ける。

ミシリ――

最中、腕が悲鳴を上げた。

過剰《かじょう》すぎる重圧の力に、己の骨が軋《きし》む。

だがそれでもと、伝わる痛みを度外視してグレリアは力を込め続ける。もっと、もっとと激情の渦に身を委《ゆだ》ねた。

そして、満を持して放たれる一撃。

一切の迷《まよ》いを捨てて相手の頭部目掛けて剣を振り下ろし――

「……あぁ？」

男の素《す》っ頓狂《とんきょう》な声が上がると共に、確かな抵抗感がグレリアを襲った。

「う、そだろッ⁉」

現実が、嘘をついた。

そんな言葉を無意識のうちに組み立ててしまう。

ガキンッと響き渡る、鈍い音。

タイミングは完璧《かんぺき》であった。

驕りも一切なかった。

だというのに、一瞬にも満たない剣速の間を掻い潜《くぐ》って、透明《とうめい》な剣がその間に挟み込まれていた。

「ふ、フハッ、フハハ」

声が、聞こえてくる。

それは、笑い声だった。

感情の箍《たが》にヒビでも入ったのかと疑《うたが》う程に、冷静沈着《ちんちゃく》を貫いていた態度を一変させ、ソレは愉悦《ゆえつ》に浸った壊れた笑い声を響かせた。

「フハハ、フハハハハハハハッ‼」

役者めいた哄笑《こうしょう》は続き、弾んだ声が笑い声に混ざって聞こえてくる。

「殺す気だったよなァ？　イイぜ、イイぜェ⁉　その意気や良し‼　だが……あぁ？」

言葉が止まる。

ビキリと、踏みしめる大地が砕《くだ》け割れ始めている事に対して、ソレは眉根を寄せ、その原因はどこだと辿り始める。

触れた相手の重圧を変化させせる。

それがグレリア・ヘンゼ・ディストブルグにのみ許された魔法――〝果て無き重圧《グラビティ》〟。

ビリビリと放たれ続ける圧に納得の色を浮かべ、その男は冷静に分析を始める。

「成る程。お前の、仕業《しわざ》か」

程なくして、渾身《こんしん》の一撃を涼《すず》しげな表情で受け止め続ける得体の知れない男の双眸《そうぼう》が、グレリアを捉えた。

「攻撃自体は悪かねえ。悪かねえんだが――」

空《あ》いている左手で、男は見せつけるように握り拳を作る。

「ちっとばかし、攻撃が軽過ぎねえか⁉　なぁ⁉　オイ⁉」

そして、目にも留まらぬ速さで拳を振り抜いた。

ベキリと、人体から聞こえてはいけない音と共にグレリアの口から苦悶の声が吐き出され、

「が、あッ……⁉」

次いで両の眼球がせり出し、口端で唾液《だえき》が糸を引く。

直撃したのは鳩尾《みぞおち》付近。堪らず呼吸困難に陥り、意識すらも飛びかける。

「グレリア殿下ッ⁉」

フェリの声が聞こえたと認識した時には、すでにグレリアは木々に衝突しており、粉塵《ふんじん》

を巻き上げながら前のめりに倒れ伏す。

「クハハ、眷属が次々とやられているから来てみれば。オイオイ、知った顔がいるじゃねえか」

そんな男の声に応じるように、前へ歩み出る人影が一つ。

「何年振りぐらいだろうなァ？　人間は老《ふ》けるのが早え。本来なら誰が誰だか分からなくなるくらい前だってのに、てめえときたら老けやしねえんだからな。まんまあの時と一緒だぜ？」

ニヒルに嗤《わら》う男。

その物言いは、幾年《いくねん》振りかに出会った知己《ちき》に向けるもののようであった。

「……ウェルス殿下」

ロウルが、側にいた相手の名を呼んだ。

「騎士達を連れて、ここを離れてください」

「は？」

ウェルスには意味が分からない。

どうして、別れようとするのか。

纏まって戦った方がいいと言っていたのは、ロウルじゃないか。

そう言おうとしても、圧倒的な威圧感を纏う目の前の存在が、その言葉すらも満足に紡がせてくれない。

「今度は仲間引き連れて、あの時の仕返しにでも来たか⁉　だが！　それでも歓迎するぜ⁉　オレはよ⁉」

ロウルがチラリと視線を向けた先では、グレリアが焦燥に相貌を歪めたフェリによって治癒《ちゆ》を受けている状態であった。

意識はあるようで、肩で息をしながら笑っている。とても、申し訳なさそうに。

「闘志が一生湧かねえくらいにグチャグチャにしてやったってのに、憎《にく》しみは消えなかったか⁉　そうだよな⁉　今のてめえの顔を見てみろよ！　復讐《ふくしゅう》しか考えてねえ畜生《ちくしょう》のツラだぜ？」

おもむろに、ロウルが白衣の中へと手を忍ばせる。

「あえて逃してやったのによ、こうも恨み辛みを向けられちゃたまったもんじゃねえ」

男は愉悦に口角《こうかく》を歪ませ、壊れた笑みを向ける。

頬が裂けたように唇は歪み、喜悦に感情を爆発させる。

「こうして、復讐の為にまたオレの前に立ちはだかれちゃあな⁉　クハ、クハハ、クハハハハハハッ‼」

そんな男の叫びをよそに、一本、二本、三本──複数本の注射器を、ロウルは次々に自分の腹部に打ち込み始める。

「ええ、そうですね」

そして、身体の中に異物が入り込んでくる感覚に眉をひそめながら、相手の言葉を肯定する。

「僕も人間。恨み辛みを抱えています。ですが、どこかでもういいと思ってしまっていた」

空を仰ぎながら瞼を閉じるも、注入の手を止める事はない。

「そんな折に、ウェルス殿下からのお誘いです。天佑《てんゆう》かと思いましたよ、本当に」

ロウル・ツベルグという男は根っからの薬師であった。故に、一度は虹の花を取りにこの島へ来た。

しかし、結局何も得られずじまい。

それどころか、とある者に恨みを抱え込むという結末に終わってしまった。

そんな彼が、頼み事をされた。

家族の病気を治したい。孤島に向かいたい。力を貸してくれ、と。

ウェルスから相談を受けたその日に、ハラは決まっていた。だからこそ、可能な限りの準備をしてここへ来ていた。余念の一切を捨てている。

「ククッ、イイぜ、イイぜェ⁉　その狂気は前のてめえにはなかったもんだ」

「そりゃそうでしょうよ。あれだけ拷問《ごうもん》のような仕打ちを受ければ、誰だって歪みます」

そうして、ロウルは最後の一本を取り出す。

「いくら名ばかりとはいえど、これでも〝英雄〟と呼ばれる身」

殊更にゆっくりと、最後の一本を首元へ向けて、ぶすりとひと刺し。

「散っていった〝英雄〟達の無念を、晴らすのも一興。そうは思いませんか？」

「ク、クハハッ、ハハハハハハ‼　イイぜ、来いよ⁉　死闘の果てにともすれば、成せるかもしれねえぜ⁉」

「ふははっ」

ロウルが力なく嗤う。

どこか諦めたような、諦念《ていねん》を孕んだ笑いであるが、戦いを諦めた様子は感じられない。

「成せるかも、ですか」

段々と、その口元がつり上がる。

「成せると、いいんですけどね」

次いで、首元に刺した注射器の中身を注入。

滾《みなぎ》る憤懣《ふんまん》を言葉に乗せて、血相を変える。

「ホントウ、に」

押し隠していたどす黒い感情が引き上げられ——紅《あか》く染まった瞳で睨《ね》め付けるロウルの唇は、これ以上の言葉は不要であると言わんばかりに真一文字に引き結ばれた。

第十一話　フェレズィア

足下の土塊《つちくれ》がなんの予兆もなく弾け飛び、同時にロウルの姿がぶれる。爆発的な加速により、一瞬のうちに急迫したのだと、遅れて誰もが理解する。

ロウルは本来、戦士のような戦い方をする人間ではない。男はそれを知っているが故に、一瞬だけ反応が遅れてしまう。

されどその一瞬が、致命的な隙となり得てしまう。〝英雄〟の戦いとはそういうものなのだ。

爪を突き立てるように、猫の手を模《も》した右手でロウルは男の眼球を抉《えぐ》りに掛かる。

「……ッ、ぐ」

首を傾《かたむ》ける事により紙一重《かみひとえ》で躱《かわ》してみせた男であったが、その頬には一筋《ひとすじ》の裂傷《れっしょう》が走っていた。

ぷくりと血が湧き出し、じんわりと赤い線が浮かび上がる。明確な傷が刻まれた事に、愉悦ここに極《きわ》まれりといった様子で、男は歓喜《かんき》に身を震わせる。

続けざま、拳を作ったロウルの左手が吸い込まれるように男の鳩尾に向かうも、その手首をガシリと男が掴み、不発に終わった。

「ふ、フハ、フハハハハ!!」

力の拮抗《きっこう》により、ガタガタと痙攣《けいれん》するように、ロウルの左手と男の右手が震えるも、男は余裕を顔に張り付けて嗤い声を上げる。快哉《かいさい》に、嗤う。

「感じるぜ!? てめえの覚悟ってやつをな!? 果たしてどれだけの代償を払ってこの力を使ってるよ!? ええ?」

行き場を失ったロウルの右手が、次は狙いを変えて、首の根を掴まんと無拍子に頸椎《けいつい》へと突き込まれ――

「見えてんだよッ!!」

それすらも、空《あ》いていた男の左手が掴み取った。

メキ、バキ……と決定的な破壊音がロウルの両の手首より上がり、身体を駆け巡る激痛《げきつう》にその顔が強張る。

「そら、このまま砕いて──」

刹那、両腕を掴まれていたロウルの膝《ひざ》が跳ね上がる。それを見て、男は掴んでいた手をぱっと離して同じく膝を振り上げた。

交じり合う膝と膝。

膝の骨がぶつかり合い、痛々しい硬質《こうしつ》な音が轟いた。力は拮抗しており、繰り出した力が作用してお互いに少しだけ後ずさる。

「クク、やっぱりてめえの能力はいつ見ても痛快だ」

男の視線はロウルの手首に寄せられていた。

バキ、ゴキ、と痛々しい音と共に、壊れていたはずの手首はすでに再生を始めており、傷という傷が数秒も経たずに元通りとなった。

「痛みを、損傷《そんしょう》を、死を顧《かえり》みてねえんだからなァ。嫌いじゃねえぜ？　その思考はよ」

怪我《けが》が治った事を確認してから、再びロウルが肉薄《にくはく》する。続いて繰り出される、弾幕《だんまく》のような怒涛《どとう》の連撃。しかし、目にも留まらぬそれすらも、男は躱す。未だ笑みを浮かべたまま、危《あぶ》なげなく避けてみせる。

「戦いに必要なのは、間違っても死ぬ事に対する恐怖じゃねえ。んなもんはクソの役にも立ちゃしねえ」

繰り出される拳の数々をキチンと視認し、軽くステップを踏みながら、男は身を翻す。

「必要なものは、たとえ己が死したとしても相手を殺し切るという『覚悟』だけだ‼　そこんところ、てめえは分かってる！　戦いってもんは、一度でも恐怖が入り込んだ瞬間に負けちまうって事をよ⁉」

ちらりと一瞬だけ、男の視線がグレリアに向く。

その行為は暗に、ロウルとグレリアの在《あ》り方の差について言及《げんきゅう》しているようでもあった。

縦横無尽《じゅうおうむじん》に襲う攻撃。

勢いに衰《おとろ》えを感じさせないロウルに対し、男が初めて攻勢に出る。繰り出された拳撃そのものを狙っていたのか、絶妙《ぜつみょう》なタイミングで掌底《しょうてい》打ちを繰り出しかち打ち上げた。

ガラ空《あ》きとなるロウルの胴。

一見、隙だらけのように見えるが、即座に防御の態勢に移らないのは、これはただロウルが自分の身体を餌《えさ》に攻撃の機会を窺っていたから。

男が渾身の一撃を胴に打ち込もうと行動に移すと同時、頭部付近へ向けて伸ばしていたロウルの上段蹴りが男の視界に映りこんだものの、構う事なく口角を喜色《きしょく》に歪め、そのまま拳を放つ。

「そらッ‼」

メキリとロウルの腹部に拳がめり込むと、お返しにとばかりに男の首元付近に蹴りがめり込んだ。お互いに殴り、蹴り飛ばされ、

「あ、がッ……！」

痛みに悶《もだ》える声が上がり、遅れて爆音《ばくおん》じみた衝突音がやって来る。

「……っ」

息を呑む音の重奏《じゅうそう》。

その音の発生源はロウルと、得体の知れない男の攻防を見つめていた者、全員だったのかも知れない。

片や、膝の皿が割れ、関節も外れ、折れたのか。曲がってはいけない方向に足が曲がっているにもかかわらず、何食わぬ顔で立ち上がり。

片や、首が明らかに折れ曲がっているというのに、狂気の笑みを止める事なく、ゴキリ、と音を立てて首の方向を元に戻しつつ、くつくつと愉快に嗤い続ける。

「助けに、入らないと……！」

怪我を負《お》ったグレリアの治療《ちりょう》を続けながら、一部始終を見ていたフェリがそう呟くも、

「いや――」

もう一つの声が彼女を引き留めた。

「やめて、おけ」

フェリとは別方向に視線を向けていたグレリアが、小さく笑いながら彼女を手で制する。

「ですが殿下……！」

「心配せずとも、アイツが出る」

そう言って、グレリアは信頼を寄せる一人の男を見つめ、指し示す。

「ほら、見てみろ」

指をさした先にいるのは、燃えるような赤髪の男。

トライバルタトゥーに似た刻印術式を彫り込んだ腕を見せつけるように、すでに腕をまくっていた。

透き通るような灼眼《しゃくがん》に、戦う意志を湛《たた》えて。

「アイツがやるんなら、オレ達の出る幕はないいさ」

へたりと座り込みながら、グレリアは笑い続ける。

とある国に位置する学び舎《や》にて、切磋琢磨《せっさたくま》し合った相手を想う。

〝果て無き重圧《グラビティ》〟と呼ばれるようになったグレリアとは正反対な呼び名で呼ばれていた親友の、蔑称であり、別称を、脳裏に浮かべる。

「一時期は目の敵《かたき》にされてたからな……アイツの強さはオレが誰よりも知ってる」

その者は、魔法を生まれた時より一切扱えず、それでありながら、〝英雄〟という人外の域に片足を踏み入れていたグレリアの背中を追い続けた人間。

魔法を扱えないという欠点を抱えながらも、学園での実技は常にグレリアに次ぐ二位。

戦闘力は低いものの、戦闘技術は群《ぐん》を抜いている彼につけられたあだ名は——『無才《むさい》』。

そんなチグハグな存在が、ウェルス・メイ・リィンツェルという男である。もしあいつに魔法を扱う才があったならば、恐らくオレはウェルスに勝てなかっただろう、と実技を行う度にグレリアは口にしていた。

決して世辞でも慰《なぐさ》めでもない、本音《ほんね》の言葉。

だからこそ、彼はフェリを制止したのだ。

「だから、オレ達の出る幕はないいんだ」

時同じくして、少し離れた場所から声が上がる。

「我《わたし》は、リィンツェル王国が第二王子ウェルス・メイ・リィンツェル」

誇示《こじ》するように、自分を奮《ふる》い立たせるように、腹に力を込めて声を張り上げる。声の主は言わずと知れた、一人の王子。

「次期国王でもあるこの身に逃げろと指示するなぞ、頭《ず》が高いぞロウル・ツベルグ」

数拍置《すうはく》いてから、ウェルスはすぅと息を吸い込んで言葉を続ける。

「一人で背負うな！　厚《あつ》かましいッ‼」

怒号《どごう》のような大声が、周囲に響き渡った。

しかしながら、親友であるグレリアの弟に諭《さと》された数日前までの自分の考えと、ロウルの思考が似通《にかよ》っていた事もあり、無意識のうちに自嘲気味《じちょうぎみ》な笑いが漏れる。

「これは、お前一人の戦いじゃない」

たとえ、ロウルに因縁《いんねん》があってこの作戦に参加したのだとしても、仲間が、知り合いが、傷付くのを黙って見ている自分ではないと叫ぶ。

「これは、我達《わたし》の戦いだ。ロウル一人で戦わせる？　何もせず、逃げ続けて我《わたし》のハラの虫が治まるとでも？」

『無才』と呼ばれ、魔法に一切恵まれなかったウェルスであるからこそ、積《つ》もり積もったもどかしさは計り知れない。そして口にする言葉に呼応するように、両腕に刻み込まれた刻印術式――〝フェレズィア〟が発光し、淡く光り輝いた。

「ウェルス、殿下……」

「なんて顔をしているんだか」

呆然《ぼうぜん》とするロウルに向けて、ウェルスは微笑む。

「手を貸すぞロウル。異論は認めない」

その言葉を聞き、どう説得を試みたところで意見は変わらないだろうと諦めたのか。

ロウルは壊れた足を再生させながら曇天の空を仰ぎ、諦めの意を込めてため息を吐く。

「ままならない、ものですね」

一度決めた事に対してはとことん頑固《がんこ》な一国の王子に想いを馳せつつ、予《あらかじ》め頭にあったあまり良くはない可能性が的中してしまった事に対して、僅かに頭を抱えた。

それでも、その表情は穏《おだ》やかで少しだけ、嬉しそうでもあった。

「恨むなら、我《わたし》に〝フェレズィア〟を言われるがままに刻んだ過去の自分を恨むんだな」

刻印術式である〝フェレズィア〟。

見た目こそ単なるタトゥーのようであるが、刻印に込められた術式――つまり魔法を使えるようにする為のものである。

本来、魔法の才は生まれ落ちた時に決まり、後天的変化は訪れないと言われている。

そんな、決められた道理を捻《ね》じ曲げるのだ。

腕の神経の上から特殊なメスで切り込みを入れ、刻印術式を刻み込んでいかなければならない。

激痛なんて言葉では生易《なまやさ》しい、痛獄《つうごく》の連鎖《れんさ》。

全身を痛みに侵されながら、ガリガリとひたすらに研磨機《けんまき》で削られるかのような痛みを伴いつつ、刻印を刻み込んだのだ。

意地で悲鳴一つ上げもしなかったウェルスであったが、術後数日の間は肩から先の感覚が曖昧《あいまい》だったが為に、今の今まで〝フェレズィア〟を使おうとしなかった。

「足手纏いは、要《い》りませんよ？」

「ほざけ」

腕の方は大丈夫なんですか、という意味を内含した感情を瞳で訴えかけるロウルに対して、ウェルスはあくまで強気に吐き捨てる。

「それに、逃げるとしてももう手遅れだろう？」

ウズウズと身体を戦慄《わなな》かせ、こちらを見据える男。表情は見えないが、あれは武者震いの類《たぐ》いだろう。

その口がゆっくりと開かれ、

「――もう、いいか？」

と、不敵に笑いながら、男は透き通った硝子《がらす》のような剣を鞘から引き抜いた。刹那、ウェルスとロウルが会話を止め、臨戦《りんせん》態勢に入る。

「フハハッ、警戒は怠らず、ってか？　殊勝なこって」

間を測《はか》るように、男は二回、三回と剣の切っ先を地面に打ち付ける。

「力を合わせれば勝てるってのは、単なる幻想に過ぎねえぜ？」

くつくつと嗤い、言葉は続く。

「人間ってのは惰弱《だじゃく》な生き物だ。死ぬ事を心底恐れ、知己の一人でも死ねばすぐに感情をコントロールできなくなっちまう」

ロウルと、ウェルスのやり取りを眺めていたからこその言葉。信頼し合える仲間はさぞ、頼りになる事だろう。だが同時にそれは弱さにもなり得てしまう。だから男は、彼らのやり取りを心底侮辱《ぶじょく》するのだ。

「愛だの、友情だの……クハハ、心底反吐《へど》が出る」

男は剣を正眼に構え、狙いを定める。

「だから――」

「ぐちぐち煩《うるさ》い」

侮蔑《ぶべつ》の言葉を続けようとするも、その言葉が最後まで発せられる事はなかった。

「耳障《みみざわ》りだ。その雑音、少し黙れ」

ウェルスが手のひらを下に向ける。

何かが腕から、身体から抜けていくような感覚。

ウェルスにとって、それは初めての経験であり、体感。

妙な喪失感《そうしつかん》により、平衡《へいこう》感覚が曖昧となって体がふらつくも、破顔《はがん》しながら立ち直る。

慣れない感覚への苦痛よりもずっと、愉悦が優《まさ》っていた。漸く、同じステージに立てる
という高揚感《こうようかん》が、思考を支配し尽くしていた。

使い方は、頭に流れてくる。

どうしたら良いのかは、刻印が覚えている。

「容赦は、要らん」

流麗《りゅうれい》に、それでいて乱暴な言葉が紡がれる。

「殺《や》れ――〝フェレズィア〟」

同時に、金色《こんじき》の巨大な魔法陣が浮かび上がった。

第十二話　影剣

淡く輝く金色《こんじき》の魔法陣。

そこから灰色の楔《くさび》に似たものがうねり出るように顔を出し、次いで楔に繋がれた鎖《くさり》がジャラリと音を立てて這い出てくる。

「そのまま、拘束《こうそく》しろ」

それは蛇《へび》のように男の全身に絡《から》みつき始める。

ぐるりぐるりと、雁字搦《がんじがら》めにするが如《ごと》く、巻き込み、絡みついた先からミシリ、メキリ、と悲鳴が上がる。

「……フ、ハハ、なるほどなぁ？」

しかし、男は抜け出せないというより観察中のようで、〝フェレズィア〟に視線を張り巡らせながら嗤い続ける。

それでも、ウェルスにとってこれ以上なく都合が良かった。侮られているのか、ただ男が自分の力に酔って慢心《まんしん》しているのかは知り得ないが、これ以上ない好機と言えた。

だからこそ、もう一度。

対象を睨み据えながら刻印術式を叫ぶ。

「拘束しろ――〝フェレズィア〟」

男の頭上にもう一つ。

金色《こんじき》の魔法陣が浮かび上がる。

「……っ」

その瞬間、初めて男に焦燥の色が見えた。

余裕を張り付けていた表情が僅かに綻《ほころ》び――歪む。

「ふ、んッ……‼」

男は漸く〝フェレズィア〟による拘束を解《と》かんと力を込め始めたが、それを黙って許すウェルスではなかった。

新たに出現した魔法陣から、楔のついた鎖が数本現れ、男に更に絡みつく。

二本、三本、四本、五本――

無数の鎖が男を拘束し、それによって男の姿形は見えなくなっていた。

「思いの外、呆気なかったな」

ウェルスが腰に下げていた剣を抜く。

装飾《そうしょく》のない質素な造《つく》り。それでいて刃は光沢を放っており、さぞ名のある剣と思わせた。

いざという時の為にと剣を抜いたは良いが、沈黙を続ける無数の鎖。それを見つめながら、その必要はなかったかとウェルスが剣を鞘に戻そうとした刹那。

「まだ、終わってませんッ‼　ウェルス殿下!!!」

ロウルの叫び声が届くと同時、〝フェレズィア〟の鎖にピキリ、と亀裂《きれつ》が走る。

そしてそれは刻々と範囲を広げていき――

「……冗談が、キツイな」

〝フェレズィア〟とは、リィンツェル王家の秘儀《ひぎ》だ。

それを十全に受けたにもかかわらず、

「悪くはなかったぜ？　ただ、オレを閉じ込めるにゃちっとばかし力不足だったがなア？」

意に介していない態度を貫く男の存在は、やはり規格外《きかくがい》だと認めざるを得ないものであった。

どうしてか、拘束から解かれた男の瞳の色は、心なし深みを帯びている。

「わりぃが、お前にはここで退場してもらうぜ」

そう言うが早いか、男の姿が霞《かす》んで消える。

同時、未だ健在《けんざい》の魔法陣から新たに鎖は這い出てくるも、姿を捉えられない対象に絡みつく事は不可能。行き場を失った鎖が立ち往生《おうじょう》する。

そしてざぁっと風が迸《ほとばし》り、目にも留まらぬ速さで急迫させていた剣を、

「…………あ？」

ウェルスが紙一重に避ける。

律儀《りちぎ》に背後に回ってからの攻撃を、ウェルスは見事躱してみせた。

次いで、惚《とぼ》けたような声が上がった。

空を切る感触《かんしょく》に眉をひそめ、男は手にしていた剣の刃を二度見する。当然、血痕《けっこん》は付着していない。ならばと次は脚撃を見舞わせるべく、足を地面から浮かせモーションに入るが、それでも――

「当たるものか、阿呆《あほう》」

一撃一撃が必殺の攻撃を再度回避《かいひ》。

まるでどこに拳がやって来るのかを予め知っていたかのように避けてみせるウェルス。

だが、男の異様とも言える攻撃力の高さを直《じか》で目にしていたからか、その額にはうっすらと脂汗《あぶらあせ》が滲んでいた。

「……フハ、フハハ」

獰猛な笑みを浮かべながら、脚撃を、剣撃を、膝をと男は肢体《したい》を余す事なく用いて縦横無尽の嵐《あらし》のような怒涛の連撃を続けるも、どれも紙一重でウェルスには当たらない。

「す、凄い……」

どこからか、声が上がる。

「あれが、天才と呼ばれる所以だ」

それに応えて、グレリアがまるで自身の事のように嬉しそうに言う。

「アイツは全て獣じみた勘《かん》と己の経験に基《もと》づいて攻撃を避ける。だから付き合いの長いオレですら、アイツに攻撃を当てられた事なんて数えるほどしかない」

そこへロウルが加わり、二対一。

数だけ見るならば、明らかに優勢《ゆうせい》。

状況はそのまま好転していくかと、そう思われた、が。

その均衡《きんこう》はすぐに瓦解《がかい》した。

「……っ、はぁ、はぁ」

息を止めての、神経を張り巡らせた回避行動。

神がかりとも思える回避技術があったところで、体力にはいつか限界がやって来る。ただでさえ、一度のミスが死に繋がる状況だ。精神的な疲労も計り知れない。恨みがましく睨め付けながらも、ウェルスは男と距離を取る。

未だ数分しか経っていないにもかかわらず、ウェルスは肩で息を続ける。

しかしながら、ウェルス達の勝ちは男を倒す事ではなく。時間を稼《かせ》ぐ事にこそある。倒す必要は決してない。だから丁度時間を稼ぐには御誂《おあつら》え向きの魔法を、ウェルスは再度展開。

「拘束しろ――」

だが、まるでそのタイミングを狙っていたかのように男が肉薄。一気に潰しにかかる算段であったのか、ロウルの存在を無視して突《つ》っ込《こ》む。

「もうそれは」

男は透き通るような剣の柄を力を込めて握り直し、何かを念じた後、

「見飽きてんだよッ！！！」

全力で剣を振り上げた。

ゴゥッと颶風《ぐふう》を思わせる勢いで飛来する斬撃《ざんげき》が、ガガガと音を立てて地面を抉る。

しかし、ウェルスはそれを難《なん》なく回避した。

「ふ、フハハ、フハハハハハハハハ‼」

しかし、傷一つつける事なく避けられたのにもかかわらず、愉悦に口角を歪めて笑い声を上げる男の様子に、ウェルスは不信感を抱く。

疑念は思考を蝕《むしば》み、思わず振り返った先——斬撃の向かう先に何があったのかを理解し、考えるより先に足が動いた。

「避けろグレリアッ！！！」

悲鳴のような叫び声が轟く。

一瞬先の未来を幻視し、目一杯声を張り上げる。

ウェルスとロウルの身体は反射的に動いていた。だが、それでも——間に合わない。

死。

そんな言葉が、無意識に頭の中で組み立てられる。

「っ、失礼します……ッ‼」

事態を察したフェリが慌てて治療を中断し、グレリアを抱きかかえるようにしてその場を離脱《りだつ》しようと試みるが、その咄嗟《とっさ》の判断を以てしても間に合わない。

避けきれなかった半身が、迫り来る斬撃によって斬り刻まれるか、と思われたその時。

フェリが腰に下げていた一本の影色の剣が、ポロリと地に落ちる。それはまるで、自発的に落ちたのではと思わせるような不自然さであった。

「……あっ」

届かないと分かっていても、フェリはつい手を伸ばしてしまう。

そして、その直後。フェリの鼓膜を幻聴が揺らした。

剣だったモノが姿形を変えていく。

ドロリと溶《と》けるように原型を失ったかと思えば、突然、炎のようにゴウッと肥大化《ひだいか》し、大きな影色の三日月《みかづき》となる。

どこかで見たことのあるシルエット。

誰の仕業なのかは一目瞭然《いちもくりょうぜん》であった。

『〝影剣《スパーダ》〟』

それは、向かい来る斬撃とぶつかり合い、数秒せめぎ合ったのち、お互いに霧散した。

「…………」

予期せぬ出来事に誰もが目を剥く。瞠目《どうもく》する。

何が起きたのか、脳内処理を続けるも答えには辿り着けず、次いで声が上がった。

「……何、しやがった」

しかし、その疑問に答える者は、答えられる者は誰一人としていない。

ただ、答えに限りなく近い結論を得ている者は二人いた。

「は、ははははっ‼」

そのうちの一人――ロウルが、愉快に、軽快に笑う。

やはりか、と。やはりそうなのかと喜悦に声を弾ませる。

「やはり……」

〝影剣《スパーダ》〟であったナニカが抉った大地を見つめながら、

「やはり……本物でしたか」

いつかの夜の出来事を思い起こす。

『彼』に問うたその言葉を。

恐らく、フェリに渡されていた〝影剣《スパーダ》〟は、彼女らを守る為の保険。

あれ程の能力が込められた剣を渡すなぞ、事情を全て察した上で用意したとしか思えない。そして、あれ程の威力であるならば、一つの仮説が一気に現実味を帯び始めた。

未だ謎に包まれている、先のアフィリス王国での戦争にて、中でも厄介《やっかい》と謳《うた》われた〝英雄〟『幻影遊戯』――イディス・ファリザードを屠《ほふ》った者の人物像がありありと見えてくる。圧倒的な兵力差を覆《くつがえ》した〝英雄〟の姿が幻視される。

「クハハ、そうかよ、答える気がねえってんなら――」

予想だにしていなかった出来事に、男もまた瞠目していたが、それも一瞬。獰猛な笑みに表情が変わる。

「もう一度繰り返すまでッ‼」

「ウェルス王子殿下ッ！！！」

「分かってるっ‼」

男が何をしようとしているのかをいち早く察したロウルが声を張り上げ、ウェルスがそれに応えて〝フェレズィア〟を行使せんと、力を込める。

浮かび上がる金色《こんじき》の魔法陣。

先端《せんたん》に楔のついた鎖がジャラリと音を立てて、対象に絡み出す。

しかし――

「もう見飽きたって――」

男は硝子のように透き通った剣を振り抜き、

「言ったよなぁ⁉　オイ⁉」

襲い来る鎖を、浮かび上がった魔法陣ごと斬り裂いていく。

「本当に、出鱈目《でたらめ》な……ッ!!」

渋面を作りながら、目の前の現実に対し、悲鳴じみた声を上げたウェルス。それでも、彼の視線は男の背後に向く。まるで、そうなる事が分かっていたかのように、落胆《らくたん》は見られない。

「ですが一瞬、視線を外せればこちらのもの……ッ!」

〝フェレズィア〟に男の視線が向いた一瞬。

僅か数秒の間に、気づかれないよう間合《まあ》いを詰めたロウルの声が、男の背後から漏れる。

右腕を引き絞り、暇《いとま》を与える事なく容赦ない一撃を放つ。が――

「見えてん、だ、よッ!!」

男は反動をつけてクルリと身を翻し、まるで来ると分かっていたかのように、ロウルの拳撃に合わせて男の回し蹴りが飛ぶ。

「が、あッ……!?」

ロウルの身体がくの字に折れ曲り、喀血《かっけつ》。

拳が届くより先に、男の脚撃がロウルの腹部にミシリと音を立てながらめり込む。何かが壊れる感覚と共に、引き攣《つ》るような痛みがロウルの全身に走った。脚撃による圧力によって液体が身体を昇り、それが喉《のど》に絡みついて咳き込みながら、蹴り飛ばされる。

遅れて届く震音。

その轟音《ごうおん》は、一連の攻撃が失敗したと理解させるには十分過ぎた。

それでももう一度、ウェルスが〝フェレズィア〟を発動しようとしたところで、異変が起こった。

「……ぁん？」

はじめに異変に気づいたのは、男だった。

言葉では形容し難い異様な威圧感。

それは次第に、視界に一つの変化として現れ出る。

「なんだ、こりゃ――」

影色の、ナニカ。

飛来するソレは、視界を悉《ことごと》く埋め尽くし。

「っ……」

たった一瞬。

瞬《まばた》き程度の時間。

目の前に押し寄せてくるモノを認識した程度の僅かな間で、一気に影色のナニカとの距離が縮《ちぢ》まっていた事に対し、男は息を呑む。言葉は、出てこない。

迫る速度はケタ違い。加えて滂沱《ぼうだ》を思わせる物量。

近づくにつれ、段々と影色のナニカの正体が見えてくる。

それは、細長い何か。

しかも、どうにもカタチを模しているようで。

あえて言葉にするのなら——

「……剣、か？」

数は一〇〇を優に超えている。

術者はどこだ、と。男は左右に視線をやるも、それらしい人物は見当たらず。

ただ、一つ。

人外じみた勢いで駆けてくる、黒い靄のようなものを纏った塊が、瞳に映し出される。

はじめに脳裏を過った可能性は、魔物。

しかし、アレほどの速さで駆ける魔物に、男は心当たりがなかった。

「————」

詰められる距離。

はじめは黒い塊としか情報を得られなかったが、一瞬、一瞬でその情報は変わりゆく。

段々とあらわに、視認が可能になってくる、心当たりのあるシルエット。

その手に握られている剣は影色。

波のように押し寄せてくるナニカと同じものであると理解できた。

「あれは」

人間だ。

その言葉を紡ぐ時間すら惜《お》しくて。

断片的な情報が、脳内処理の及ぶギリギリの範囲で更新されていく。

燃えるような灼眼。

存在感を示す金色の髪。

確か、そんな特徴のヤツを殴り飛ばしたような記憶があった事を、男は思い出す。故に、ロウル達の仲間なのだろうと判断する。

そんな中、男の周囲一帯から這い出るように、ずずず、と剣の切っ先のような何かが浮かび上がった。

「コイツ……！」

焦燥を孕んだ男の声。

下唇を噛み締《し》める歯と歯の隙間《すきま》から、うめき声が漏れる。

迫る圧倒的物量に、流石に分《ぶ》が悪いと判断したのか。

距離を取ろうと男が飛び退《の》くが、それよりも早く声がやって来る。無機質な、それでいて力の込められた声が。

「死《ころ》せ──〝影剣《スパーダ》〟」

無慈悲《むじひ》に告げられた言葉と共に、黒い暴力が男に殺到《さっとう》した。

第十三話　誓《ちか》いを此処《ここ》に

「……良かったんですか、大旦那」
一四、五歳の少年は妙齢《みょうれい》の女性に向かってそう言う。彼の身なりはお世辞にも良いとは言えないものの、終始警戒心を解かない泰然《たいぜん》とした立ち姿は、警護《けいご》に当たる人間として流石と言えた。
「良かったも何も、私には頷《うなず》く以外に選択肢はありませんでしたから」

少年の隣で椅子に座る三〇歳程の女性──『豪商』と呼ばれる商人、ドヴォルグ・ツアーリッヒは不満気に返答をした。

「選択肢？」

「ええ、まぁ……なんと言いますか。賭《か》け事をしてたんです。どこぞの性悪薬師と」

性悪薬師とは、比較的、ドヴォルグの口から出てきやすい言葉だ。それに、リィンツェルにおいて薬師と言われて思い浮かべる人物など一人くらいである。

「金髪赤眼。身なりの良い貴族然《ぜん》とした少年が訪ねてきた場合は、その頼みを聞き届けてくれ、と」

あえて『身なりの良い貴族然』と言った事から、他国の人間もしくは流れ者か商家の跡継ぎに違いない、そう高《たか》をくくり、こうしてまともな人間であれば寄り付かない裏街に一時的に拠点を移そうとした。にもかかわらず――

「期間は一週間。もし訪ねてこなければ、あの性悪薬師がなんでも頼み事を聞いてくれる約束だったんですよ」

「それはまた……」

大盤振《おおばんぶ》る舞いですね、と言いかけるも、結果としてドヴォルグが負けてしまっている以上、ここでその言葉を口にするのは失礼だと判断し、少年はすんでのところでそれを呑み込んだ。

「あの性悪薬師を馬車馬の如《ごと》く使ってやろうと思っていたのに」

ドヴォルグはそう前置きをして、言った。

「裏街に来るとかあり得ないでしょう!? それも一人で!! ならず者を嗾《けしか》けられておいて帰らずここに留まるとか思考回路がぶっ飛び過ぎでしょう!? あの〝クズ王子〟」

「嗾けてって、大旦那……」

責《せ》めるような視線を向ける少年。

しかし、ドヴォルグは悪びれる様子もなく、むしろ割り切っているのか、言葉の勢いは増すばかり。

「ええ、ええ! そうですよ!? 半数は私が嗾けましたけど!? あの性悪薬師をこき使いたかったんですよ!! 悪いですか!?」

「…………えっと」

「てか、アレなんですか!? 一人でならず者共を蹴散らすわ、意味の分からない魔法で動きを止めるわ、誠意を見せて頭を下げるわ、どこが〝クズ王子〟なんです!? ただの性根の良い王子じゃないですか! クソ!!」

「……もはや罵倒になってませんよ、大旦那」

ぜぇ、ぜぇと息が荒くなりながらも言葉をまくし立てるドヴォルグを、少年は呆れ混じりに見つめる事しかできないでいた。

「……まぁ、もう過ぎた話です。船は用意して渡してしまいましたし」

ですが――

「あの性悪薬師は兎も角、ウォリックが関わってるのは意外でした」

「ウォリック？」

「ええ。滅多に人に興味を示さない人なんですが……」

飄々《ひょうひょう》としていて、つかみ所のない人間。

それがドヴォルグが知る、ウォリックの人物像である。月日が経ってもそう易々と性格が変わるものではないだろう。

「それだけの何かがある、という事なんですかね、彼に」

「ですけど、大旦那は紹介状を確認してませんでしたよね？　本当にウォリックさんの紹介という確証《かくしょう》は――」

「あぁ、そっちの心配は無用です」

思い出したかのように言うドヴォルグ。

そして自嘲気味に笑いながら、答える。

「信用できる人間にしか『ウォリック』と名乗りませんからね、あの人は。私のように偽《ぎ》名《めい》を名乗らなかったという事は、本当なんでしょう。それだけで、紹介については信用するに足《た》りますよ」

「……なるほど」

「これを不運と見るか。思いがけない縁《えん》を得たと考えるか。貴方はどちらだと思いますか？」

「そう、ですね」

少年は出来事を思い返す。

一瞬で数十という人間を無力化する能力。

不意を打っても尚、対応できる対応力。

そして、あの胆力《たんりょく》に加えて裏表のない性格。

〝クズ王子〟の通称は有名であり、少年も知っている。怠惰《たいだ》に過ごし続け、王族の責務《せきむ》すらこなさない堕落したクズ王子であると、風の噂で聞き及んでいた。

しかし、彼らの目に映ったのは、その噂を一切歯牙《しが》にも掛けない、芯《しん》の通った一人の人間。

であるからこそ、少年は言う。

「得難《えがた》い縁を得た、と考えます」

「……ん」

数拍の黙考《もっこう》を経て、ゆっくりとドヴォルグは口を開く。

「時代の寵児《ちょうじ》が、頭角《とうかく》を現し始めましたか」

様々な人物の顔が、名前が、脳裏を過る。

自ら前線に立ち、戦い、先の戦争で存在感を諸国に知らしめた、メフィア・ツヴァイ・アフィリス姫。

英雄に届き得るとまで称された、グレリア・ヘンゼ・ディストブルグ。

無才と呼ばれながらも、こと戦闘においては天才と呼ぶことすら不足と思える能力を発揮してみせる、ウェルス・メイ・リィンツェル。

帝国の『氷葬』や『戦鬼』。

挙げればキリがないほどに、今世代の人間には逸材《いつざい》が揃っている。

「ま、貴方もその一人と私は思っていますけどね？」

ドヴォルグはそう言って、チラリと横に視線をやる。

「……勘弁してくださいよ大旦那」

しかし、少年はくたびれた表情で軽く流す。

「あんな化け物と、ぼくを一緒にしないでほしいです」

「おや。では、貴方は化け物との縁を、良いものだと言ったんですか？」

「ただの言葉の綾《あや》ですって……あの人、内側に相当な闇を抱えてそうですから」

どこか悟ったように、懐かしいものを見るように、瞳を揺らしながら、少年は言う。

「ああいう人間が、ぼくは一番怖い」

その発言が紛れもない少年の本音であったからこそ、感情が強くこめられていた。

「どうしてです？」

「どうしてって……」

そこで少年は言葉を区切られる。

得体が知れなくて、容赦すらも感じさせず、人を殺す事にさえ躊躇《ためら》いを抱く様子がない。

一度決めた事の為にならば、ひたすら我を通すような向こう見ずでありながら、それでいて実力の伴った人間。且《か》つ、複雑な何かを抱えているときた。

どうあっても絶対に敵には回したくないタイプだと、脳内に羅列《られつ》する言葉を眺めながら少年は小さく笑う。抱えるものが多い者ほど恐ろしいと、少年は言葉にせずに訴えかけていた。

「ぼくみたいな小汚《こぎたな》い傭兵からしてみれば、ああいう死を恐れていなさそうな人間とは、特に相性《あいしょう》が悪いからですよ」

「………」

「本当に」

少年は、すでに船に乗ってリィンツェルを後にしたであろうその人間を思い浮かべながら、殊更にゆっくりと言う。

「本当に、敵に回したくない人種ですよ。あの人は――」

◆◆◆

――殺せ。

生き残りたくば、ひたすら殺せ。

誰かを失いたくないのなら、尚更《なおさら》に。

頭の中でガンガンと警笛が鳴り続ける。

フェリに渡していた〝影剣《スパーダ》〟が効力を発揮した時から、それはずっと続いていた。

破裂してしまうんじゃないかと危惧《きぐ》するレベルで心臓の鼓動が高鳴る。脈音が脳内を支配し、辺りの音なんてなにも聞こえやしない。

「ッ……」

ガリッと下唇を強く噛みしめる。ツゥ、と血の味が口内に広がり、ちくりと刺すような痛みのおかげか、少しだけ頭が冷静になる。

「…………」

兄上の意見を尊重《そんちょう》する為、あるいはウェルス・メイ・リィンツェルの都合だから、俺が出る幕はない。

そんな事ばかり考えた挙句《あげく》、無理矢理にフェリまで巻き込んだ。

結局俺は、ただ彼らを先生達《みんな》と同列に扱いたくなかっただけなのかもしれない。

口では、頭では大事と認めていても、先生達《みんな》との線引きをしていた。もし、グレリア兄上が先生であったならば。ティアラであったならば。

多分、俺は間違いなく彼らの手足に自分の手足を縫《ぬ》い付けてでも、ついていっただろう。

そう言い切れた。

彼らをもう一度死なせる事だけは、何を犠牲に捧《ささ》げる事になったとしても、絶対に許容できなかったはずだ。

だけど現実、俺は距離を置いた。

頭で考えるより早く、本能が、魂が、線引きをした。

先生達《みんな》であれば、死に物狂いでついていき、死なせない為に戦い抜いた事だろう。

では、グレリア兄上達であれば。

その問いかけに俺は、一歩後ろに下がった。

結果がコレだ。

大切だと思っていながらも、醜《みにく》い執着心を見せなかった。だからこそ、こうして後悔に苛《さいな》まれてしまっている。

今だってそうだ。もどかしくて仕方がなかった。予めフェリに持たせておいた〝影剣《スパーダ》〟が心の拠《よ》り所《どころ》だったというのに、それすらも失われた。

また、同じ。失ってしまうのではないのかという不安に駆られてからやっと気づくのだ。

フェリや、グレリア兄上も、先生達《みんな》と変わらないくらいに大切に思ってしまっていたのだと。動悸《どうき》が、激しくなる。

俺自身と〝影剣《スパーダ》〟は表裏一体。

人と影が切り離せないように、俺と〝影剣《スパーダ》〟は切っても切り離せない関係にある。

身体が欠損《けっそん》すれば、それが影に現れるように、〝影剣《スパーダ》〟に何かがあれば、俺に伝わるようになっている。それを踏まえて、俺は考えた。

「もう、誰も失わないように……」

失わないで済むようにと、心の中で言葉を繰り返す。

〝影剣《スパーダ》〟を握る手に力を込める。

思考する時間はない。

かといって、無闇矢鱈《むやみやたら》に向かったところで、剣を振るい続けていた頃の昔の俺ならばまだしも、〝クズ王子〟と呼ばれ、腑抜《ふぬ》けてしまっている今の俺では間違いなく間に合わない。

「だから――――」

〝影剣《スパーダ》〟には、二つの使い方がある。

一つは、影から剣を生み出す使い方。それが本来の使い方であり、基本形。

そして二つ目が、己自身の影に限り、無理矢理に融通《ゆうずう》を利かせる使い方。

自分と影は表裏一体の存在である。自身の姿形が変われば、自ずと影のカタチも変わる。

逆も、然《しか》り。

その原理を使えば治療だってできてしまうのだ。

ただ、強引に現状を捻じ曲げる行為である為に、相応の痛みという代償が引っ付いてきてしまうが、それでも可能である。

影も、人と同じで記憶をしている。

だからこそ、戻そうとする力を働かせる事ができるのだ。

で、俺は考えた。

アフィリスの時は考えが至らず、メフィア王女の魔道具の力を借りたが、その力を借り続けるわけにもいかない。

だから〝影剣《スパーダ》〟が、かつての〝影剣《スパーダ》〟と変わらない存在であると願って、ある考えを実行していた。

実はフェリとの打ち合いにおいて試験的に実行し、そして自分の考えが正しかったのだと証明する結果に終わった。

「今度こそは……ッ」

嫌い嫌いと言っていても。

俺が心の底から信頼し、最後に頼れるのは、剣ただ一つ。

かつての日々。

かつての経験。

かつての記憶こそが己を支える根幹《こんかん》であった。そして剣を握らなければならない状況に陥ったが最後。我が身一つ、剣一本で地獄《じごく》のような世界を生き抜いたあの頃の自分をひたすら求め、焦《こ》がれてしまう。

そんな俺だからこそ、一風変わった答えにたどり着いていた。

ならば、いつかの自分に戻ればいい。

いつかの自分に近づけばいい。そんな答えに至ってしまった。そしてその願望は実現不可能というわけではなかった。俺の影に備わった戻す力を用いる事によって、限りなく近づける事は可能であると証明されていた。

影が、僅かに揺らめく。

同時、身体のつくりが少しだけ変わりゆき、黒い靄のような影めいた何かが、全身に帯びるようにして纏わりつく。強引に今の自分をかつての自分に近づけるのだ。だからこそ、伴う痛みは想定の範囲内であり、承知の上であった。

次いでビキリと悲鳴が聞こえるも、それらを無視して大地を蹴る。伝わってくる〝影剣《スパーダ》〟の場所へと、肉薄を始めた。

「ふはっ」

泣き笑いのような複雑な表情。心の中の動揺《どうよう》を必死で隠さんと、教えを守る。笑みを、見せるのだ。

感情に呼応するように〝影剣《スパーダ》〟が反応し、その名を口にするまでもなく無数の剣が周囲の影から浮かび上がった。

早く、速く、疾く――

全力疾走《しっそう》を続けていくうちに、一つのシルエットが視界に入る。

人のような何か。しかし、それはフェリと、グレリア兄上に剣を向けていて。

それだけで十分だった。俺が、ソレを敵と認識するには十分過ぎた。

手遅れにならなかったという歓喜の感情と、大事な者達を殺そうとする敵に対する怒りがぐちゃぐちゃに混ざり合い、殺気へと変わる。


――なぁ、先生。


前世では、誰一人守れなくて、そのくせ、みんなに助けてもらって最後まで生かされた弱虫が、誰かをまた守ろうとしてる。

どうしてか、剣を握れて良かったと僅かに思ってしまっている。

平和だ、悲しいだ、人を殺したくないだと、散々語った俺なのに、誰かを守れる手段を持っていた事に対して心底感謝の念を抱いている。

嫌いだなんだと忌避を続けてきたのにもかかわらず、こうしておめおめと当たり前のように剣を握っている。

――俺はもう、できないなんて言わない。

もう、誰一人死なせない。目の前で殺させない。

かつて抱いた無力感を、絶望を、俺は拒む。

だから、死んでくれと心で叫ぶ。

人を殺し続けた『罪』は消えない。

たとえそれが生きる為に必要であったとしても、誰かに慰められようと、この『罪』だけは消える事はない。

だから俺はその『罪』を認め、肯《がえ》んずる。誰一人助ける事のできなかった事実も、自分の『罪』として受け入れる。

そうする事で俺は漸く剣を振るえた。

――今度こそ、守り切ってみせるから。

ただの自己満足。
エゴでしかないけれど、後戻りができないように、誓う事で自分で自分を追い詰める。

——絶対に。

誓いをここに。

世界に謳う。

「死《ころ》せ——〝影剣《スパーダ》〟」

第十四話　見えない絆《きずな》がそこに

視界を埋め尽くす程に広がる黒い暴力。
無数に走るソレはさながら、流星のよう。

狙い過《あやま》たず男目掛けて向かうその光景を目視《もくし》しながら、俺は駆ける速度を落とし、無造《むぞう》作《さ》に〝影剣《スパーダ》〟をほんの少しだけ浮かせる。

ビキリと、踏みしめた大地が足下を中心に僅かにひび割れると同時、〝影剣《スパーダ》〟を振るいながら口を開く。

「派手《はで》にやっちまえ――――」

身体自体に目立った変化はない。

それでも、懐かしい感覚が込み上がってくる。

ひたすらに剣を振り続けた日々が、どうしようもなく身近に感じられる。だから今の俺ならば、誰にも負けないような、そんな気すら抱いていた。

「〝斬撃《スパーダ》ァアッ〟――!!!」

振るった先から、三日月型の斬撃が飛ぶ。

以前フェリに向けたものとは比べものにならないくらいに大きく、速い。地面を容易に抉り、軋んだ音を上げながら向かっていくソレは、まさしく殺意の塊。

先程飛来し、降り注いだ〝影剣《スパーダ》〟によって、時間差で朦々《もうもう》と粉塵が巻き上がって視界に入り込む中、白衣を着た人間が俺の横目に映った。

名は覚えている。

言葉を交わした結果、それなりに信用できそうな人間と認識していた。そんな彼の名を呼ぶ。

「ロウル・ツベルグ」

あえて目立つような攻撃をし、相手の意識を逸《そ》らした今この瞬間にのみ許された会話の時間。

「足手纏いはいらない。そこの王子を連れて後ろに下がっていろ」

「…………」

ロウルに向けて、グレリア兄上やフェリを守ってくれ、とはあえて言わなかった。

言わない事こそが、決意の表れ。俺の後ろに、一瞬とてこれから意識を向けさせないという決意の表れだった。

「なんで、来た」

震えたような声がやって来る。

「なんで来たんだ。答えろ、グレリアの弟」

ただでさえウェルスは、グレリア兄上に対して罪悪感を抱いている。自分達の都合に巻き込んでしまったと。

もし、自分のせいで俺達を二人とも死なせてしまったとしたら。友人が必死に遠ざけた人間すら死なせてしまったら。そう思うからこそ、問いかけずにはいられなかったのだろう。

「なんで、か」

俺がここにいる理由。

俺がここに来た理由。

そんなもの、決まっている。

昔から、その理由だけは揺らがない。

「なんでって、そんなの――」

巻き上がった砂煙《すなけむり》がゆっくりと晴れていく。

手にしていた〝影剣《スパーダ》〟を掲《かか》げるように、俺は徐《おもむろ》に振り上げた。

言葉にするまでもなく、そこら中から〝影剣《スパーダ》〟が、妖《あや》しく輝く影色の刃が、浮かび上がっていく。鈍く光るソレは顔を出すや否や、先程殺到した場所へと再び切っ先を向けた。

かつて叶えられなかった想いを胸に抱え込む俺の脳裏に、走馬灯《そうまとう》のように人の顔が映り込む。それは映像を早送りするように次々と入れ替わっていく。

彼らにも届きますように、と願いながら〝影剣《スパーダ》〟を振り下ろし、獰猛に笑う。

笑い、叫ぶのだ。

もう二度と、違《たが》えないと決めたから――――

「守る為に、決まってるだろうがッ！！！」

次の瞬間、再び黒い奔流が殺到する。

行き先は、先程の一撃で抉れ、クレーターと化した場所。

視界が晴れるより先に、〝影剣〟が飛来する。

ジャリ、と視線の先から僅かに、靴で砂を擦《こす》ったような音が聞こえた。

「すぅ――――」

俺は砂煙を吸わない程度に軽く息を吸い込み、手にしている〝影剣《スパーダ》〟の切っ先を下に向ける。

一瞬だけだらんと全身の力を抜き、自然体の状態を作ってから、緩急《かんきゅう》をつけるように再度、予備動作を入れる事なく疾走。

膨らんだ肺から息を吐き出しながら急迫し、まずは様子見と言わんばかりの力任せなひと振りを見舞う。

続けざま、袈裟《けさ》懸《が》けに一閃《いっせん》。次いでガキンッと金属音が轟き、カタカタと鍔《つば》迫《ぜ》り合う音が鳴り響いた。
「……随分と、毛色がちげぇヤツが出てきたもんだ」
力は、拮抗。
込めた力に比例するように、腕からは血管がビキリと僅かに浮き出た。
毛色が違う?
それは殺しに対する心構えだろうか。
終始笑みを張り付けている事に対してだろうか。
〝影剣《スパーダ》〟に関してだろうか。
心当たりがあり過ぎて、意図は分かるはずもない。
だけれど、少しだけ腹が立った。
「ふ、ははは、あはははっ」
こうして話しかけてくるなんて、随分と余裕そうじゃないか、と思う。
そしてその余裕は少しだけ、腹が立った。
ググと更に力を込めていく。
もっと、もっと、もっと——
人外じみた力で押し返す。

「う、ぐッ……!?」

男の服越しに赤色が滲み出す。

先程の〝影剣《スパーダ》〟による攻撃でついた傷なのかもしれない。それにしては浅過ぎる気もしたが、考えを彼方《かなた》へ追いやり、更に更にと力を込めていく。

それにつれて閉じかけていた裂傷が開き、男の苦悶の表情が見える。このまま押し切らんと、ありったけの力を込め、自らを鼓舞するように声を上げる。

「ッ、あああぁぁぁあッ！！」

男は必死に剣越しに伝わる力を受け流そうと試みるも、蛇のように絡みつく俺の剣がそれを許さない。

——吹っ飛べ。

胸中でそう叫ぶと同時、ビキリと踏みしめていた地面に亀裂が走り、

「なん、つー、力してんだよ……ッ!?」

耐えきれなくなったのか、後方へ勢い良く男が吹き飛ばされる。

だけれど、まだ終わらない。追撃の手は、止めやしない。

一足で強く大地を踏みしめ、飛び込むようにして、なされるがままに地面を転《ころ》げる男に向かって肉薄を始める。

今度は、先程の叫びとは打って変わって、静かで、恐ろしく冷淡《れいたん》な声が出た。

「〝影縛り《スパーダ》〟」

「が、ッ⁉」

男の影から生える一本の影剣。

吹き飛ばされる勢いに身を任せていた男の身体がガクンと上下に揺れる。

そしてまるで磔《はりつけ》にでもされるかのように、突如として急停止。

「ッ――⁉」

天地が、視界がひたすらに回り続け、やっと止まったかと思いきや、斬り殺さんと言わんばかりの俺の姿を目の前に認め、男はギョッとした表情を浮かべる。慌てて、足掻こうと試みたようだが、それは叶わない。

「身体、が……⁉」

斜《なな》め上空――至近距離と言える場所から、俺が手にしていた〝影剣《スパーダ》〟が大気に向かって円弧を描き、剣線という名の軌跡《きせき》が走る。

「――さっさと、死んでおけ」

容赦のない、一撃。

躊躇《ためら》いとか、罪悪感とか、それら一切を省《はぶ》いた殺す事だけに特化した剣閃《けんせん》が、殺意に満ちた言葉と共に放たれる。

「……オイオイ流石にそりゃ、幾ら何でも舐《な》め過ぎだろうがよッ⁉」

意地を感じさせる執念に近い声が、鼓膜を掠《かす》めた。

奇《く》しくもそれは、影に突き刺さった〝影剣《スパーダ》〟に、パキリと亀裂が生じた瞬間だった。

否、必然と言うべきか。

〝影縛り《スパーダ》〟は万能だ。

それは間違いない。

それでも、影を固定させている〝影剣《スパーダ》〟が耐え切れない程の負荷《ふか》を負った場合、〝影縛り《スパーダ》〟による固定は解かれてしまう。

ただ、一つ。

言うとするならば。

「もう遅い」

振り抜くと同時、空中に鮮血《せんけつ》が舞った。

飛沫《ひまつ》が辺りを赤く彩《いろど》り、時を同じくして、肉を斬ったという確かな感触が手に伝わってくる。

「…………」

しかし、そこには違和感《いわかん》だけが残った。

「……アレに、反応できるのかよ」

確実に、殺せると踏んでいた。

胴体を二つに斬り分けるつもりで剣を振るった。

だというのに、手に残ったのは物足りない感覚。

逼迫《ひっぱく》し切った息の音が鼓膜を揺らす。

数メートル離れた先に、剣を振るった結果がカタチとして残っていた。

「つぶねえなァおい……」

剣は確かに届いていた。

だけど、肉を斬っただけ。

先程の剣撃は臓器《ぞうき》にすら届いていない。

男の表情には、痛がるような様子も見受けられない。

だから俺は──

「……〝影剣《スパーダ》〟」

すでに浮かび上がっていた〝影剣《スパーダ》〟の切っ先を男に向けさせた。

「またそれか。芸がねえ──」

同時、十数メートル離れた距離を、俺は刹那の時間でゼロへと縮める。

「――ッ⁉」

遅れて、息を呑む音が耳朶《じだ》を打つ。

あり得ないとばかりに目を見張りながらも、男はしっかりと、手にしていた剣で反応してみせる。

お互いの剣が鍔迫り合い、軋む。

「……フ、フハ、フハハハハッ‼」

容赦ない膂力《りょりょく》によって繰り出される力同士のぶつかり合い。振られる剣が際限《さいげん》なく打ち当たり、幾度《いくど》となく金切り音が轟き、衝突によって火花が生まれ、弾け落ちる。

愉悦に口角を歪めた男が、笑い声を飛ばす。

「ふははっ」

負けじと、俺も笑う。

歪んだ笑みを浮かべる。

まるで剣を振るのが楽しいと思っているような笑みを、ひたすら表情に張り付けるのだった。

◆◆◆

「……下がりますよウェルス王子」

「……だが」

「残念ながら、場違いです」

冷酷《れいこく》に、ロウルが言葉を告げる。

「〝フェレズィア〟を十全に使えるならまだしも、まともに使い方を知らない今のウェルス王子では足手纏いでしょう」

軌跡しか目に映らない猛撃を前に否定する事は、流石のウェルスもできていなかった。

「恐らく、彼女が色々と知っているはずです」

チラリと、今度こそとばかりに治療を始めながら、今にも飛び出して行きそうな一人の王子を宥《なだ》めるエルフを、ロウルは尻目《しりめ》に見る。

「あの黒い剣を渡されていた彼女なら、何かファイ王子に関して知っている事があるでしょう」

少なくとも、何も知らずに渡されたという事はないと考えられる。

「幸い、戦況は悪くない」

むしろ、優勢と言っていい。

だから、今はまだ焦る時ではないと諭す。

「援護《えんご》はそれからでも遅くはありません」

「…………」

「加えて、花を探しているリーシェン殿下やゼィルムが今現在どうなっているかも分かりません。いざという時に全員が動けないでは本末転倒《ほんまつてんとう》でしょう」

ウェルスは沈痛な面持ちを浮かべていた。

本当は今すぐにでも手助けをしたいと、その表情が語っていた。

男は先程まで手を抜いていたのか、反射速度はもちろん、剣を振るう速度、身のこなし全てがケタ違いに上がった。全く目で追えないわけではないが、互角《ごかく》に戦えるかと言われれば、ウェルスも首を横に振らざるを得ない。

「そう、だな」

ウェルスの了承を得られた事でひとまず安堵したのか、ロウルはふぅと一息。何もない虚空《こくう》に、一度目をやる。

「ですが」

そして、遠目《とおめ》から熾烈《しれつ》な剣撃の応酬《おうしゅう》を見つめながら、口にする。

「彼はやはり、〝英雄〟でしたか」

ロウル自身、ファイ・ヘンゼ・ディストブルグについて、〝グズ王子〟という悪い噂は聞いた事があれど、良い噂は一度とて聞いた事がなかった。

勿論、つい最近までは、の話である。

その認識に亀裂が走ったのが先の戦争。

アフィリス王国での戦いだ。誰もが劣勢《れっせい》のアフィリスは搾取《さくしゅ》されるだけの存在になるかと思っていた。

が、それを覆した人物がいた。

しかし、その名前は一切公表されず。

意図して広められる事はなかった。

戦況が変わったのは、ディストブルグ王国からの援軍が到着してから。

それを率《ひき》いた人物は、ファイ・ヘンゼ・ディストブルグ。言わずと知れたディストブルグ王国が第三王子――〝グズ王子〟と蔑《さげす》まれる少年だった。

彼が来て間もなく、万の軍勢は退けられ、〝英雄〟の中でも特に際立って目立っていた『幻影遊戯』――イディス・ファリザードの死が広く伝わった。

そして、目の前の光景が、謎めいていたパズルのピースを埋める。

「守る為に、ですか……」

決して、武を誇り、ひけらかす事を好むような人間ではないのだろう。目立ちたいとは一切思わないのだろう。自分が認識する大事な人間だけ守れれば、十分なのだろう。

この時代の人間にしては、少し変わった考え方。

そういった考えに至っているが故に、何かしらの苦悩に追われてきたに違いないと、ロウルは思う。

そしてフェリ・フォン・ユグスティヌや、グレリア・ヘンゼ・ディストブルグといった人に支えられ、救われてきたのだろう。

「……眩《まぶ》しいです、凄く。眩し過ぎます」

薬師と剣士。

両者は全くの別物であるが、誰かを救うという事だけは一致している。

薬を以て誰かを救うか。

剣を以て誰かを救うか。

過程は違えど、結果としては同じ事。

だからこそ。

「尚更、死なせられませんね、本当に……」

ロウルもまた、誰かを救えなかった人間であるから。目の前でそういった絆《きずな》を見せつけられると、どうしようもなく心が締め付けられて。

無意識に、拳に力が込められた。

第十五話　果ては孤独《こどく》。それでも

ボキリと痛々しい鈍い音が鳴ると同時、折れ曲がっていた男の腕が元に戻った。男は小さく腕を回して具合を調《しら》べ、問題がなかったのか、浮かべていた笑みを一層深める。

「いやぁ、ツイてる。最ッ高に今日のオレはツイてる。てめえもそう思うだろ？」

くつくつと、男は喉を鳴らす。

「さぁな」

今こうして剣を振るい、殺し合いを繰り広げている事が彼にとってツイているのだとすれば、間違いなく俺はツイていないと言う。

元より、望んでこの状況に陥ったわけではない。

俺はできる事ならば、のんびりと平和に過ごしたいと思っているような人間だ。

それでも、俺が男の言葉を否定しなかった理由は一つ。目の前の男の気持ちだけは、理解ができてしまったから。その感情を抱いていた連中を、俺は知っていたから。

「いいや。剣を交わしたから分かる。てめえもオレと同類だ」

「…………」

「今てめえ自身がどんな面《ツラ》してるか分かるか？　オレはそんな目をしたヤツをよぉく知ってる。なにせ、オレと同じ目ぇしてやがるんだからよ？」

男が言う言葉全てに理解が及ぶ。

言いたい事だって大方分かってしまう。

「その力量」

男は視線を一瞬だけ〝影剣《スパーダ》〟に向け、また俺に戻す。

「受けて実感するが、およそまともな手段で鍛《きた》え上げたモノじゃねえはずだ」

それこそ、年がら年中剣を振り続け、殺し合いを繰り広げてきたような洗練《せんれん》された剣筋《けんすじ》。

隙なんてものは一切ねえ完成された剣だ、と男が目で訴える。

「そういうヤツらは決まって、とある結末を求める。とある感情に苛まれる。闘争に身を置いた者だからこそ、渇望《かっぽう》しちまうのさ」

相手が切っ先を向けてくるや否や、俺は半歩下がる。

間合いを測った上でのその行動に対し、まさにそれだよと言いながら、男は相好《そうごう》を崩した。

「満足いくまで戦える相手。んで、納得のいく死を与えてくれるヤツを、だ」

そして、どうしてか分かるか？　と言わんばかりに、だらりと首を曲げる。

答えは、知っている。知っているとも。

一度は、俺自身もその立場に立った事があるから。

殺されても仕方なかったと思える相手に殺されたならば、申し訳も立つ。だから、その相手を求め続けていた。孤独から解放されたいが為に、俺も求めていたから。

「……孤独」

言葉を小さくこぼす。

俺がそう言うや否や男は、あぁ、と肯定した。

「やっぱり、てめぇレベルになると分かるか」

「分かるだけだ」

念を押す。

目の前の男の考える孤独と、俺の考える孤独は別物だと思うから。

きっと、男は力を十全に振るえる相手を探していたんだろう。武を突き詰めた結果、満足に力をぶつけられる相手を失った。

故の孤独。それはまさしく戦闘狂らしい孤独だ。

真に戦闘を好む者であれば、それ以上に退屈な話もないだろう。全てが億劫《おっくう》になるだろう。

確かにその考えは理解できる。

実際、そんな考えをしていた人間も知っていた。

しかし、それが俺に当てはまる事はない。

それだけは絶対に言い切れる。

「オレの言いたい事が分かる時点で充分過ぎるって話だわな」

ジリ、ジリとお互いに距離を測りながら。

相手の間合いに入らないように気をつけながらも、言葉は続いた。

「……傍迷惑《はためいわく》なヤツだ」

でも、そのお陰で不幸中の幸いと言うべきか、フェリ達のいる方向へ注意が向く様子は一切見受けられない。

その点については僥倖《ぎょうこう》と言えた。

「それだよ」

男がまた、指摘をしてくる。

「だから言ったろ？　毛色がちげえって。てめえはそこの毛色がちげえんだよ」

……あぁ、そういう事かと、漸く理解に至った。

「剣士なんざ何十、何百、何千と殺してきた。顔見りゃだいたいソイツがどんなヤツなのかなんて予測できる。剣を交えてしまえば殆ど分かっちまう」

剣士という生き物は、そういうものだ。

剣に生を捧げるが故に、剣が己を表し、体現する。剣を交えれば、相手がどんなヤツなのかは俺でも理解が及ぶ。

「殺しを突き詰めた剣、死を省みない剣、諦め切った剣」

血走った目で〝影剣《スパーダ》〟を見つめながら、男は殊更に言葉を区切って声帯を揺らす。

辺り一帯に荒《あら》らげた声を轟かせる。

「んな死人みてえな剣で何を守るよ⁉　何が守れるって言うんだよ⁉　斬り殺すの間違いじゃねえのか⁉　えぇ⁉」

本当に、男の言う通りであった。

俺の『孤独』とは、かけがえのない仲間を、相手を失った事から来る『孤独』だ。

だからこそ、俺は死にたいという想いを剣に込めて振るい続けた。

先生達《みんな》がいない世界に価値はない。でも、生かされたこの命を粗末《そまつ》にはできない。

ならせめて満足のいく死を、仕方ないと思える死を思い、それをひたすらに求め続けた。

『孤独』を抱えながら、俺は剣を振るい続けた。

結果、俺はむざむざと最後まで生き残ってしまった。

人骨を踏みしめ、怨嗟を一身に受け、死臭に浸り続けた人間の剣。それはまさしく死人のような剣。

何が守れる、ではない。これは、何も守れなかった剣だ。誰一人救えなかった剣だ。

「笑い草だぜ？　守るなんて言葉はよ!?」

ざわりと木々が揺れる。

風が騒《ざわ》めき、辺り一帯に魔法陣が浮かんだ。

鮮血のような色。半径数十メートルに及ぶ巨大さで、膨大《ぼうだい》な魔力の込められた魔法陣だった。

それはまるで、狙ったかのようにグレリア兄上達の足下にまで広がっていく。

息を呑む声が後方から聞こえてきたような、そんな気がした。

かつては俺が、守られるだけの立場だった。

先生達《みんな》に守られ続けて生きてきた。

そんな俺が今、立っている立場は、かつて先生達《みんな》が立っていた場所。

俺にいつも、笑顔を向けてくれていた頼れる仲間が、家族が、立っていた場所。

「んな事――」

圧倒的なチカラで、誰だろうがねじ伏《ふ》せる先生達《みんな》の姿が想起《そうき》される。

俺も、先生達《みんな》に追いつきたかった。

先生達《みんな》の隣に並びたかった。

先生達《みんな》の、ようになりたかった。

先生達《みんな》みたいになれますようにと。

ひたすらに切望《せつぼう》していた。

「――そんな事、知るかよ」

決して、戦いに高尚《こうしょう》な理由を求めるような人達ではなかった。守りたいから守る。死なせたくないから矢面《やおもて》に立つ。心配を掛けたくないから、馬鹿みたいに笑ってやる。

そういった考えを持った人で溢《あふ》れていた。

俺はそんな自由気ままな考え方が好きで、そんな先生達《みんな》だから、誰もが笑って逝《い》けたのだと思える。

「守りたいから、守る。誰かを守る理由なんざ、それで充分だろうが」

心中で、言葉を紡ぐ。

――〝『全ての影は、俺の支配下』〟


空いっぱいに広がる鈍色の雲。

空模様は曇天。周囲全体に、大きな影が出来ていた。

「一度は俺自身が折った剣だ。笑いたいなら笑えばいい」

ただ、と言葉を続ける。

「だけど、そう易々とくれてやる程、アイツらの存在は安くねえんだよ」

もう二度と、目の前で大切な人間が死んで逝く姿を見る事だけは許せない。交わした約束を違《たが》える事も許せない。過去の後悔を繰り返す事は、生かされた人間だからこそ、何があっても許されない。

「そうかよ。なら……守ってみろよ⁉　大事なもんならな⁉」

浮かんだ魔法陣が色濃く光り、輝き出す。

魔法、いや――

「これは……ッ」

すでにそれを目にした事があったらしいロウル達が声を上げる。
吸血鬼《ヴァンパイア》特有の、召喚術。
ロウル達が苦戦を強いられた眷属がぞろぞろと姿を現す。数にして三〇は下らない。
出現した『眷属』の殺意の矛先《ほこさき》は、フェリ達に向けられている。
あえてそう、目の前の男が仕向けたのだ。
「……下らねえ」
どうして男がそんな行動を採《と》ったのか。
理解ができたからこそ言う。
理由が分かるからこそ、この言葉を繰り返す。
「ああ、下らねえ」
戦いに身を置いた者だからこそ、分かってしまう。
だから下らないと言った。
誰しもに、戦う動機というものは存在する。
誰かの為に、誇りの為に、名誉の為に、生きる為に、そして自分の為に、剣を執る。
対して俺の剣には、様々な意志が欠けていた。
何が何でも生き残るだとか、剣士としての誇りだとか、そういった当たり前が欠落してしまっている。戦士としては半人前もいいとこだ。

多分、男はそれが気に食わなかったのだろう。

俺が守ろうとする者を殺《あや》める事で、自分に憎悪を向けさせようとした。そうする事で更に、己自身が望み、求める戦いができると確信していたのだろう。俺の剣が、熱を帯びると判断したのだろう。

確かにそういった手段もある。

だけど、アイツは勘違いをしていた。

「バァカ」

だから精一杯《せいいっぱい》、あざ笑うように。

口角を吊り上げて、俺は言ってのける。

「守るって決めたモンは、絶対に守るんだよ」

誓いはすでに立ててきた。

先生達《みんな》に向けて、誓ってきた。だから譲れない。これだけは、譲れない。

「…………」

男の表情が凍《こお》り付く。移り変わる目の前の光景に、言葉一つこぼす事なく固まった。

「……ッ」

大地から、地面から生み出された無数の〝影剣《スパーダ》〟。数え切れない量のソレに刺し貫かれ、一瞬にして物言わぬ骸《むくろ》となった眷属達を目にし、男は唖然《あぜん》とする。

「誰が目を離していいって言ったよ？」

片手に持つ〝影剣《スパーダ》〟の切っ先を突き出すようにして、男に向ける。

男の表情の変わりようが、あまりに滑稽《こっけい》だったからだろう。あえて見せるいつもの作り笑いではない、自然な笑みが思わず零《こぼ》れ出た。

「俺から、目を離してんじゃねえよ戦闘狂《どアホ》」

第十六話　慟哭《どうこく》

「……く、ハッ、フハハハハッ」

控えめな笑い声が聞こえてくる。

目の前の惨状《さんじょう》に驚《おどろ》きはしたものの、それを成した相手と戦えるという事に男の感情は愉悦に傾き、いつの間にか笑みに変わっていた。

「にしても、絶対に守る、ねえ……」

そう言って、男は空を仰いで一息。

男は俺の剣を死人と評した。

何を抱え、何に突き動かされているのか、恐らく理解してしまっているのだろう。

だからこそ。

「自責によって、突き動かされる剣」

俺に視線を移し、蔑《さげす》むように吐き捨てる。

「てめえ、哀れだな」

そんな声が飛んできた。

「…………」

言葉が、出てこない。

こうして俺自身という人間を限りなく正しく理解し、諭してくる存在なんて今までいなかったから、上手《うま》く言葉を返せない。

「誰かの為に戦う。それは大層綺麗な話だ。大層綺麗な剣なんだろうよ、そんな剣は」

男は、戦いに身を置き続けた戦士だ。

故に、俺に対して苛《いら》つきが止まらないのだ。

同じ場に立てるだけの実力を持っているからこそ余計に、戦士として反吐が出るような思考に落ち着いてしまっている俺が許せないのだろう。

「オレもそういった思考を持つやつに心当たりがある。だから全否定するつもりはねえが……てめえも違うだろうが？」

「……はあ？」

「はあ？　じゃねえよ。良い機会だからオレが教えてやろうか。てめえはな、亡霊《ぼうれい》の為に戦ってんだよ。誰かじゃねえ、死人の為に戦ってんだ。ずるずると過去を引きずり続けてんだよ。だから、こんなにも中身がねえクソみてえなスカスカの剣が出来上がる」

　俺が剣を握るのは、どこまでも過去の延長でしかない。過去の俺がいたからこそ、今の俺がある。

　過去なくして、この場で俺が剣を振るう事はあり得なかっただろう。

　そんな引きずられ続ける俺だからこそ、目の前の男は中身がないなどと叫ぶ。剣を振るう理由に他者を持ち出す俺の剣を、スカスカだと蔑む。

「自覚しろよ⁉　てめえの剣は薄汚れた人殺しの剣だ‼　その上で言ってやろうか⁉　過去なんざ忘れてしまえ！！！　殺し合いに、んな辛気臭《しんきくせ》ぇ感情を持ち込んでんじゃねえよ‼　過去に守り切れなかったヤツでもいたのか⁉　ああ、ああ、それはさぞ悲しかった事だろうなァ⁉」

男の言葉は止まらない。

「だがな、過去に縛られて何になる⁉　オレは……てめえみてえなヤツが大嫌いなんだよ……ッ！　頼まれてもねえのに過去に縛られ続けるクソみてえなヤツがな」

好敵手を求め、納得のいく死を。

そんな死を与えてくれる相手を望んでいたはずの男は、苛立ちを隠さない。

戦闘狂であるからこそ、彼は憤《いきどお》っていた。

「過去にてめえに何があったかは知らねえが、戦う人間を虚仮《こけ》にすんじゃねえよッ⁉　そんなに過去が恋しいってんならオレが今すぐ黄泉《よみ》へ連れていってやる‼　ここで今すぐ首を出せ‼　オレが後腐《あとくさ》れなく殺してやる‼　嫌なら過去なんてクソつまんねえモンなんて忘れちまえ‼　死にたいなんて想いを込めて振るわれちゃ苛立って仕方がねえんだよ‼」

「過去を、想って何が悪い。過去を引きずって何が悪い。あんたに、俺の何が分かる」

「じゃあ何の為にてめえは生きてんだよッ⁉　過去に死んだヤツの為にってか⁉　贖罪《しょくざい》の為にってか⁉　もし、オレがてめえに何かを託した立場なら、今すぐにでもぶち殺してると思うぜ⁉　ふざけんなってな⁉」

頭に、血が上る。

捲《まく》し立てられる男の言葉に苛立ちが止まらない。

何も知らないくせに、さも全てを分かったかのように叫びを上げる男に腹が立つ。

でも、全くの的外《まとはず》れではなかった。核心《かくしん》をついている分、余計に腹が立つ。

「……黙れ」

腹の底から声を出す。

低く、相手を威圧するような声音。

先生達《みんな》の存在があったからこそ、俺は生きてこれた。与えられた愛情や、過ごした時間は忘れられない。

全員が、俺の家族だ。

忘れられるはずがない。

幾億年《いくおくねん》経とうが、忘れる事はないだろう。

あの日々が、あの時、あの場所で過ごした全てが、俺を正しく表しているのだから。

先生達《みんな》は、優しい。

凄く、優しい人達だ。

多分、自分達の事なんて気にしないで気ままに生きろとか、きっと言ってくると思う。

死んだ事だって俺のせいじゃないと、絶対に言う。

実際、俺を守って死んでいった者の中で、俺を責めてきた者は一人もいなかった。決まって皆、笑うか、笑いながら謝《あやま》っていた。出来の悪い家族を残して先に逝っちまう俺を許してくれ、だとか。要らぬ十字架を背負わせて悪い、だとか。

今の俺を先生が見たら、きっとぶん殴るだろう。

いつまでうじうじしてるんだ、と。

過去を引きずってないで、自分自身の幸せを見つけろ、なんて言うかもしれない。だって、そんな人だったから。

けど、俺は無理だ。

言い切れる。それだけは無理だ。

何があってもそれだけは、無理なんだよ。

「そろそろ……黙れよ」

この俺、ファイ・ヘンゼ・ディストブルグの拠り所は未だ先生達《過去》であった。

たとえ貶《けな》されようが、死人と言われようが、俺は過去に縛られ続ける。過去に縋り続ける弱い人間であった。

隠し切れない怒りが、何もかもを上塗《うわぬ》りしていく。

「ふ、フハッ、フハハハハハ！！！　良いな！　そんな顔もできるんじゃねえか。オレはこういう空気の方が好きだぜ？　空虚《くうきょ》なヤツと殺し合いをするより余程良い‼」

胸の奥から沸《わ》き上がる愉悦に身を委ねる男は、俺の返答を聞き、満足気に哄笑した。

「オレの言葉が認められねえってんなら、その剣で証明してみせな⁉　戦場ってもんはそういう場所だ‼　勝ったヤツが何がどうあれ肯定される‼　正しいとされる‼」

男は戦場の摂理《せつり》を説《と》く。

勢いに身を任せ、叫び散らす。

「オレに見せてみろよ⁉　てめえの背負う『覚悟』ってヤツをよ⁉」

「『覚悟』……」

「てめえはアイツらを守りたいんだろ⁉　過去を抱え続けるんだろ⁉　だが、オレはその全てを否定するぜ⁉　てめえの目の前でアイツらを殺して見せようか⁉　てめえの過去を踏み躙《にじ》ってやろうか⁉　嫌なら怒れ‼　心を曝《さら》け出せ‼　感情をぶつけてこその殺し合いだろうがよ⁉　戦いだろうがよ⁉」

思想の違いから始まる殺し合いか、なんて思ったが、それはただの建前《たてまえ》でしかない。

目の前の男は俺と殺し合う理由を作ったに過ぎない。この戦いが意味あるものなのだと、理由を作ったに過ぎない。けれど、彼にとってこの行為は必要不可欠であったのだろう。

誰かを守る為に、剣を執った。

剣を振るうと決めた。守り切ると誓った。

なら、俺はここで剣を握らなければならない。

握らないと、いけない。

俺自身が抱く考えを、せめて俺だけでも肯定する為に。

「折角《せっかく》だ。名を名乗れよ人間。オレの名前は、ヴェルナー。死ぬその時まで覚えておけ」

「……ファイ・ヘンゼ・ディストブルグ」

クク、と含み笑いを漏らす。

「悪くねえ名前だ」

そう言って、ヴェルナーが嬉しそうに破顔する。

ちっとばかし長えがな、と不満を漏らしはしたものの、反芻《はんすう》し、己にその名を刻まんとする。

「さぁ――――」

大仰《おおぎょう》に両手を広げ、辺り一帯に轟かせるような声量で叫び散らす。もう二度と目を離さないと言わんばかりに血走った瞳を、俺に向けていた。

「馬鹿みたいにこの舞台で踊ろうぜ!? 最高の殺し合いにしようぜ!? なぁ、ファイ・ヘンゼ・ディストブルグ――――ッ!!!」

◆◆◆

「本当に珍《めずら》しいですね、殿下があんなに怒るだなんて」

心配そうに言葉をこぼすフェリは、表情に驚愕の色を滲ませながらそう呟く。

常に退屈そうに日々を怠惰に過ごしていた人間が見せた怒りだ。付き合いの長い彼女にとっても、珍しいものであった。

「初めて、見た気がする。ファイが本気で怒るところは」

少し前までは、今すぐにでも飛び出そうと、駆けつけようと暴れていたグレリアだったが、フェリの言葉のお陰か、すでにその勢いは見る影もなく萎《しぼ》んでいた。

「それに、ファイはあんなに戦えたのか」

感傷めいた感情を言葉に込め、再度始まった剣撃の応酬を遠目に見ながら、グレリアがポツリと言う。

グレリア・ヘンゼ・ディストブルグは、今でこそファイ・ヘンゼ・ディストブルグと仲は良いが、決して初めからそうだったわけではない。

むしろ、気味が悪いと思っていた側の人間だ。

年相応の感情を一切見せず、特に怒りもしない。殆ど笑いもしない。

剣を見るとあからさまに嫌悪する。

父親であるフィリプ・ヘンゼ・ディストブルグですら、実の息子だというのに距離を置いてしまっていた。

どう接していいのかが分からない、と彼が悩んでいた事を、城内の誰もが察していた。

だから、自分がキッカケになろう。

始まりはそんな想いからだった。

◆◆◆

『星、好きなのか』

幼き日のグレリアが言う。

日中はひたすら部屋にこもり、話しかけるタイミングが一切ないファイであるから、部屋から出た時でなければ話しかけられなかった。

そこでグレリアが目をつけたのが、ファイが食事の後などによく訪れる庭園だった。

すっかり日の落ち切った暗闇の中、だらんと座って点在する星をひたすら眺めるファイに向けて言う。

『いつの時代も星だけは変わらないので……見てると落ち着くんです』

空を見上げたまま、ファイが答えを返す。

話題は特になくて、すぐにやって来る沈黙。

どうしようもなくそれが気まずくて、現実から目をそらすようにグレリアは閉口してしまう。

それから数分ほど会話は一切なく、グレリアがしょんぼりと肩を落として帰ろうとした時。

『グレリア兄上も、ご一緒にどうですか』

幼い声が、グレリアの鼓膜を揺らした。

『長居はできませんけど、それでも星を眺めていると嫌な事を忘れられますよ』

グレリアは、こっそりと部屋を抜け出して庭園に来ている。ファイもそうだ。

だから、見つかるとマズイ。

時間は限られてますが、とファイは苦笑いをしていたが、それでも良かった。

『見る。ご一緒するぞ、ファイ!』

『言葉遣いが変になってますよ、兄上……』

『そんな小ちゃな事気にするな！　ご一緒すると言ったらご一緒するからな!!』

『ちょ、声を抑えてくださいって……』

『うおおおお！　改めて星を見ると綺麗だな！　これを独《ひと》り占《じ》めとかずるいだろ！　早くオレを呼べよ‼』

『だから声を……！』

ファイが興奮《こうふん》を隠しきれないグレリアの口を押さえようと試みるも、時既《すで》に遅し。

『い、いたぞー‼　グレリア殿下を発見いたしました！！！　あ！　それとファイ殿下もおられます‼』

兵士達が大声を上げてドタドタと駆け寄ってくる。

ファイは部屋から抜け出す事に慣れていたが、グレリアはそうでなかったのだろう。

大方、抜け出し方が杜撰《ずさん》でバレたに違いないと、ファイは頭を抱えた。

『に、逃げますよ！　兄上！』

『ちょっと待て！　あと少しで星を数え終わる‼　えっと、えっと……』

『いいから早く‼　捕《つか》まりさえしなければなんとでも言い訳できるんですから‼』

『あああああああ！！！　急に引っ張るから数があああ‼』

結局、その日はグレリアが足を引っ張りまくったせいでファイ共々捕まってしまったが、それ以来、交流が増えた二人の仲は深まっていった。

グレリアにとって、ファイは守るべき対象でしかなかった。

なのに。

◆◆◆

「弟の癖して、生意気《なまいき》なんだよ」

繰り広げられる戦闘を眼前に、グレリアは膨《ふく》れっ面《つら》で、それでいて少しだけ嬉しそうに言う。

「少しは、兄らしいところ見せつけさせてくれ。じゃないと、オレの立場がないだろうが」

いじけたように言うと、隣でフェリが宥めてくる。

「ファイ殿下は、自由なお方ですから」

それもそうかと小さく笑いながら、グレリアからため息が出る。

「帰ったら、ファイには色々と説教をしないとだな」

「ご一緒させて頂きます」

散々、オレに隠し事をしてきた報いだ。ざまあみろ。

なんて子供じみた事を思いながらも、グレリアは剣を振るう弟の身を案じた。

第十七話　ヴェルナー

クルクルと真《ま》っ赤《か》な弧《こ》を描きながら、何かが宙を舞う。ソレは辺りに撒《ま》き散らすように赤を落とし、べしゃりと何かが潰れるような不快音と共に、少し離れた場所に時間差で落下した。

「フハ、フハハ、フハハハハハ！！！」

肢体の欠損。

肉と、骨と、神経が裂かれるような鋭《するど》い痛みにヴェルナーは僅かに顔を顰《しか》めるも、それを隠すように笑い、依然《いぜん》として哄笑を止めない。

「このくらいで、止まら、ないよなあんたはッ‼」

右腕を斬り落としたというのに、その残骸を一瞥《いちべつ》する事もなく攻撃を続けるヴェルナーに対して、俺は叫ぶ。

「なに当たり前の事を言ってんだよッ⁉　殺さねえ限りオレは止まらねえぜ⁉　そんなに

止めたきゃ殺してみろよ⁉　ああ⁉」

応じるようにヴェルナーも哮《たけ》り立つ。

斜め上空から、袈裟懸けの要領《ようりょう》で剣が己に迫ってきたと認識すると同時、ヴェルナーが突如として切断された右腕を振るった事で、断面から赤色の飛沫が俺に向かって飛んでくる。

唐突《とうとつ》過ぎる目くらまし。

俺は反射的に目を瞑《つむ》ってしまい、隙が生じてしまう。

「……ッ」

「そらッ、腹がガラ空《あ》きだぜ⁉」

「あ、がぁっ……！」

腹部に襲い来る、穿《うが》つような衝撃。

肺が圧迫《あっぱく》され、空気が強制的に押し出される。

そして、幾つかの骨が纏めて折れる音が、頭に直接響いた。

「ッ、く、ははははっ‼　ふはは、あはは‼」

痛覚が思考に割り込んでくる。

けれど、それを無理矢理に押し留め、意識だけは失うまいと必死に掴み置く。混濁《こんだく》する意識の中、力を込め、蹌踉《よろ》めく身体を二つの足が支える。

ダメージを負ってしまったがそれでも、すぐ目の前にまで肉薄して剣を振るうヴェルナーを、俺の双眸は捉えていた。

だからこそ襲い来る剣と己の間に〝影剣《スパーダ》〟を滑《すべ》り込ませんと試みる。

「マジ、かよ……ッ‼」

驚愕に喉を震わせるヴェルナーの目の前で散ったのは鮮血ではなく、肢体でもなく、火花。

振るわれた〝影剣〟とヴェルナーの剣による、何度目か分からない虚《むな》しい鉄の音がまた響いた。

「だが、あの一瞬が命取りになったなァ⁉」

ヴェルナーは喜色に相貌を歪め、地面を一度つま先で小突く。

そして浮かび上がる、鮮血色の魔法陣。

召喚に使われた時とは何かが違うと、どうしてか俺は瞬時に理解した。

「これで終わりだ‼　ファイ・ヘンゼ・ディストブルグッ！！！」

即座に展開される赤黒い結界。

「まず、い……ッ！」

　魔法陣の効果範囲から遠ざかろうと咄嗟に後ろに飛び退くも、何かに阻《はば》まれて邪魔《じゃま》をされる。

　続いて、鋭い痛みが頬に走った。

「血刃《けつば》の結界だ‼　そん中にいる限り、不可視《ふかし》の無数の刃がてめえを襲うぜ⁉」

　斬り破らんと〝影剣《スパーダ》〟を振るうも、返って来るのは鈍い衝撃と、阻まれてしまったという事実だけ。

　その間にも、ひたすらに血刃と呼ばれた不可視の刃が俺を襲う。生まれる裂傷。噴き出す鮮血。

「ここがてめえの限界だったってわけだ‼　中途半端《ちゅうとはんぱ》な剣を振るってるからこうなんだよ⁉　やっと見つけた好敵手と思ったが、なんだ、期待はずれじゃねえか‼」

　更に浮き上がる魔法陣。

　見覚えのあるソレは、今度こそ眷属の召喚に使われたものと全く同じであった。

　しかもその魔法陣は、空にも浮かび上がる。

　結界に閉じ込められる俺を見てか、堪らずロウル達が飛び出した。

　しかし。

「来るな‼」

声を張り上げる。

辺り一帯に、響かせる。

「クク、自分の命に代えても仲間の命は守るってか？　安心しろよ、てめえを殺したらアイツらも後を追わせてやるからよッ！！！」

ヴェルナーの眷属が魔法陣から姿を現し、ヴェルナー本人も俺へと接近を始める。恐らく、この一撃で決める腹積《はらづ》もりなのだろう。

途端《とたん》、思考の脳内処理が加速した。

不要なもの、必要なものを取捨選択《しゅしゃせんたく》。

周囲の時間が止まり、己の中の時間だけがゆっくりと進み出す。

お前は、誰だ。

「俺は……」

俺は、ファイ・ヘンゼ・ディストブルグ。

それ以上でも、それ以下でもない。

ヴェルナーは言った。

てめえは何の為に生きているのだ、と。

俺が生きる理由は、笑って死にたい。ただそれだけ……だった。

死ぬ理由は次々に思い浮かぶ。なのに、生きる理由は上手く言葉にならない。きっと守りたいものがあるからなんだと思っていても、言葉にはならなかった。

忘れちまえとアイツは言った。

それは、できない。

俺の罪を、あの日々を忘れる事だけはできない。

……俺の罪とは、誰も守れなかった事。

守られておいて、最期《さいご》はあんな死に方をしてしまった事。そしてそれ以上に先生達《みんな》と過ごした日々の記憶が、俺という人間を作っている。支えている。あの日々こそ、俺が唯一誇れるものだ。だから、忘れるわけにはいかない。

身体が未だ馴染《なじ》んでいない。

あの頃と同じだけの動きができない。

そんなのはただの言い訳だ。

こうして追い詰められて、無様《ぶざま》にも殺されかけようとしている。とんだお笑い種《ぐさ》だ。

負けられないんじゃなかったのかよ。

先生達《みんな》を除いて誰にも、もう負けないんじゃなかったのかよ。

言葉が木霊する。

何度も、何度も頭に響く。

「俺は、誰にも負けられない」

俺は答えた。もう、言葉はいらない。黙ってくれと言外に言うと同時、頭に響いていた声が止んだ。

「剣を振る以上、恥だけは晒《さら》せない」

周囲の時間が、少しずつ動き出す。

迫るヴェルナー。

もう、時間は残されていない。

だから見せてやる。

これが過去に縛られ、ひたすらに引きずり、何より過去を慈《いつく》しむ人間の、終点であると。

「『ひと振り決殺。我が心、我が身は常在戦場也《じょうざいせんじょうなり》ッ‼』」

この言葉こそが、ファイ・ヘンゼ・ディストブルグをこれ以上なく表している。あの頃からも何も変わっちゃいない。最後の最後まで足掻く。

でなければ、きっと最期に笑えなくなる。

後悔をまた、してしまう。故に俺は叫ぶのだ。

「今更、何をしたって無駄だぜ⁉　もう手遅れなんだよッ！！！」

一足で急迫し、俺を包む血刃の結界と呼ばれたモノに、ヴェルナーとその『眷属』が殺到する。

「……〝影剣《スパーダ》〟に斬れないものはないんだよ」

そう俺だけが信じて疑っていない。だから俺は愚直《ぐちょく》にどこまでも、〝影剣《スパーダ》〟を信じて柄を握る事ができるのだ。

構えは〝影剣《スパーダ》〟を放つモノにし、かつての光景を鮮明に思い浮かべる。

何だろうが斬り裂いた破壊の象徴《しょうちょう》たる〝影剣《スパーダ》〟の威力を。生み出した数々の惨状を。

そして、酷く淡々とした口調で、続く言葉に想いを込め俺は〝影剣《スパーダ》〟を振り下ろす。

逆境《ぎゃっきょう》だろうが、なんだろうが、〝影剣《スパーダ》〟ならば斬り裂いてくれると信じているから。

「死《ころ》し尽くせ――〝影剣《スパーダ》〟」

血刃の結界を縦に斬り裂こうとする、影色の何かが俺の眼前を侵食《しんしょく》する。

遅れて轟く地鳴りのような音。

それは、眼前の悉くを、

「あ、ガッ……」

――斬り裂いた。

直前で本能的に危機を察知し、咄嗟に身体を反《そ》らしたヴェルナーだったが、今の攻撃で

右半分の身体を失ってしまい、苦悶の声を上げて崩れ落ちた。

「──はァっ…はっ、…はっ……」

必死に息をする音が、鼓膜を揺らす。

そんな彼に、俺は全身から血を流しながら、ゆっくりと歩み寄る。

「ク、クハッ、クハハ……やっぱ届かなかった、か。最後の最後で吹っ切れちまうとは、な……」

逆流するように込み上げ、口から漏れ出た鮮血を辺りに撒き散らしながらも、ヴェルナーは獰猛に笑い、俺を未だ見据え続ける。

生気は、間違いなく薄れていた。臓器だって使い物になっていないはずだ。

それはまごう事なき致命傷《ちめいしょう》。

恐らく、このまま何もしなくともヴェルナーは息絶《いきた》える。

ただ、終始余計な事しか言わないこんなヤツでも、俺に向き合う機会を与えてくれた一人だ。

どうせなら俺の手で。そんな想いが強くあるが為に、〝影剣《スパーダ》〟を握る手に力が込められる。

手に持つ刃が、ヴェルナーの首元に向かう。

「生きる理由ってのは、間違っても誰かに言われて得るもんでも、誰かに与えられるもんでも、ねえ……生きる理由に、誰かを使ってんじゃねえよ。理由が見つからねえなら、足掻き続けろ。自分の足で、意志で、生きてこその人生だろうが……なあ、てめえもそう思うだろ？」

ヴェルナーの言いたい事は何となく分かる。

俺自身が、自分の意志で誰かを守りたい。

せめてそう言えるようになれ、という事だろうか。

過去に縛られるのも良いが、縛られ続けるだけではなく、自分の足で、手で、意志で生きてみせろと。

そうしないといつか、限界が来ると言いたいんだろう。

「……丁度、てめえみてえな知り合いが、いてな。だから、なんだろうな……随分とべらべら喋っちまった」

俺の在り方に憤っていたのは、そんな理由だったらしい。

「……まぁ、そんな日も、あっても良いか……」

ヴェルナーの身体から力が失われていく。

「敗者は大人《おとな》しく、おっかねえヤツに目ぇつけられてる剣士クンを、どっかから眺めとくとするぜ」

その言葉に、俺は少しだけ目を見開く。

ほんの一瞬の瞬き《まばた》レベルで見せた動揺だったけれど、それを目敏《めざと》く見ていたのか、ヴェルナーは痙攣しながらも口角を少しだけニィッと小さく必死に吊り上げる。

俺が驚いた事が、堪らなく嬉しいらしい。

身体はもう限界だろうによくやる、と思う。

言及は、一切しない。

それにヴェルナーもあえて詳しく言うつもりもないらしい。ただ単に匂わせたかっただけのような気もする。つくづく面倒臭いヤツだな、と思わされた。

「何はともあれオレを、倒しやがったんだ。間違ってもクソみてえな死に方だけは、してくれるなよ」

これが望み。

戦士の望み。

自分を殺した相手は、文句のつけようがない相手。己が殺されてしまうのも仕方ないと思える相手だと認めたからこそ、懇願に似た声音でヴェルナーは言う。

「でもまあ、それなりに楽しめたぜ」

——嗚呼《ああ》、やっぱり、強えヤツに殺されるってのは悪くねえ。

ヴェルナーの表情に、後悔の念は浮かんでいない。

むしろ喜色満面。倦《う》み疲《つか》れた末に、己が求める殺し合いができた事に対する満足感で満ち満ちていた。

「精々《せいぜい》、足掻くんだな。ファイ・ヘンゼ・ディストブルグ———」

言い終わるや否や、ヴェルナーの首筋から勢い良く鮮血が噴き出した。

人を、肉を斬る感触と共に、ゴリッと、硬質の骨を撫《な》でる感触が〝影剣《スパーダ》〟越しに伝わってくる。

振り抜いた〝影剣《スパーダ》〟が撒き散らす赤色の飛沫は、辺りを凄惨《せいさん》に彩った。

「……だから、知ったような口を、利いてんじゃねえよ」

俺の事を何一つ知らない癖に、まるでずっと見てきたかのように言葉を述べる。そんなヴェルナーが気に入らなかった。でも、嫌いではない。

我欲《がよく》を通し続けるその生き方は、綺麗だと思うし、正しいと思う。

なにより、憧《あこが》れる。

だから、感傷に浸りながらも、俺は俺という人間を語る。

もう、この声は聞こえてないだろうが、それに構わず。

「俺は、天下に轟く〝クズ王子〟」

最早口癖《くちぐせ》となってしまった馴染みある言葉。

自嘲を込めて言っていたはずが、いつの間にかこの言葉を言う事が心地《ここち》よく感じるようになってしまっていた。

というより、言葉にする度、正しく自分を表す言葉に移り変わっていったような、今ではそんな気がしてならない。だからこそ、口にした。

「王子らしく、全てを傲慢に抱え込んでやるよ。過去も未来も。今さえも」

俺は、相変《あいか》わらず弱い。

何一つ切り捨てられなくて、失う事を常に恐れている。もし仮に、大切な人を一人見捨てる事で大切な人間を二人救えるとしても。俺は三人助けようとして、誰も助けられずに一人無駄に命を散らすようなヤツだ。

過去を切り捨てる事で、幸せな人生が待っていたとしても、俺は逡巡なくそれに唾を吐く。

過去を捨てた人生に意味があるものか、と。

未来を捨てる事で、＊＊＊と呼ばれていた頃の自分に戻れるとしても。その考えを通す事が何より生きやすいと知っていても。俺はもう、捨てられないだろう。すでに、守りたい大事な人間を作ってしまったから。
自分の言い分が愚《おろ》かである事に対しての自覚はちゃんとある。
どうやったって俺はきっと後悔するような、そんな気がしていた。
ならば、どうせ後悔するんだ。
全て抱え込んで、盛大《せいだい》に後悔してやるよ。
やっぱりダメだったかって、気持ちいいくらいに笑って、それで死んでやるよ。
きっと、この考えが一番正しい。
なにより、俺らしい。
「ええ？　我儘が過ぎるって？」
挑発するように、すでに事切《ことき》れたヴェルナーに向けて言う。
死人に向けて声をかけるなんて茶飯事《さはんじ》だ。
ただ、返答がないというだけで。
一方的に話すことになるだけで、他は何も変わらない。
だから俺は言葉を続ける。
だから俺はいつも通り、笑ってみせる。
「そんな事は、驕った俺を殺してから言うんだな」

剣を握った瞬間、振るったその時から誰しもが悪で、勝者だけが正しかったのだと肯定され、悪から正義へと変わる。

今はまだ、俺の在り方が正しい。

正しいはずだから——

「だから今はまだ、取り合ってはあげられねえなあ？」

あんたが俺の立場なら、きっとこう言っただろ？

なぁ。

センセイ。

第十八話　終幕

本当に、危なかった。

そんな言葉を胸中で吐露《とろ》しようとした時だった。

「……ッ」

二の次だと捨て置いていた痛みが全身に回り始め、何か液体のようなものが身体を逆流して昇ってくる感覚があり、それは口へと向かう。

言葉が出るより先に軽快な音が鳴った。それは、バシャリと水打ちをしたかのような音。

本来の水打ちと違う点は、跳ねた水の色が、赤色だった事くらいだ。

「……はぁっ、はぁ」

肩を動かし、ゆっくりと息を吸って吐く一連の動作を行う。

ヴェルナーに折られた骨は、すでに〝影剣《スパーダ》〟によって復元の効果が働いている。治るのも、時間の問題であった。

身体を襲う激痛。それはまだ許容範囲内。

口から漏れ出る血を手の甲《こう》で拭《ぬぐ》いながら言う。

「……あぁ、だっせえ」

自嘲気味に笑ってから拭《ふ》き取った血に視線を移し、また笑う。

「心配、掛けるつもりはなかったんだけどな」

立ち眩《くら》みのような感覚に見舞われながら空を仰ぐ。

血を、失い過ぎた。それが俺の抱える何よりもマズイ問題であり、下を向いていてはいつか本当に倒れてしまいそうで、誤魔化すように上を向いた。

「こんな血を流したのは……いつぶりだろ」

護衛なんて必要ないと大見得《おおみえ》切っておいて、こんなにボロボロになってちゃ世話がないなと思う。

きっと、彼女もそう思ってるだろうし。

「だけど、ちゃんと生き残った」

約束は、守った。

こうして、また話す事ができる。

だから。

「だからそんな、泣きそうな顔するなよ。罪悪感が湧くだろうが」

ゆっくりと振り向いてから、力なく笑う。

誰かが近づいて来ている気配がしていた。

最近、よく側にいる人の気配。

心地のよい感覚が、した。

俺の言葉は、聞こえてるかよ。

「なぁ、メイド長」

振り向いた先にフェリが立っていた。

目元を真っ赤に腫《は》らして、ぐしゃぐしゃに様々な感情が入り混じった表情で、俺を見つめている。

「湧いて、ください……お願いですから、湧いて、ください……無茶をしないで、ください」

必死に、必死に言葉を繰り返す。

フェリは凄くお節介《せっかい》で、それでいて凄く優しい。

きっと俺が受けた傷を想い、いつの日か吐露した剣に対する想いを念頭に置き、痛々しく儚い俺の今に憂いを見せている。

「何回も言わなくとも、聞こえてる」

本当は今にでも、倒れてしまいそうだけど、もうこれ以上弱みを見せるわけにはいかなかった。

誇張《こちょう》抜きに気力だけで立っているような状態だ。

本当ならば今すぐにでも倒れ伏したかった。でも、流石に今のフェリを置いて意識を手放す事はできなかった。

それに、まだ終わったと決めつけるには早過ぎた。

「それで、俺はどうすればいい？」

もしまた、ヴェルナーのようなヤツが出てくるのであれば、俺としても逃げておきたかった。

だから、フェリと同様にこちらに近づいて来ていた人物に尋ねる。

「ロウル・ツベルグ」

「お久しぶりです。ファイ王子」

白衣の男——『不死身』の二つ名を持つ〝英雄〟ロウル・ツベルグは、満足気に顔を綻ばせる。

「無駄話は要らない。俺はこれからどうすればいいのか。それだけを言ってくれ」

俺を運んで来た船は近くに着けてある。

海獣によって多少は傷《いた》んだものの、航海するのに問題ない程度には守り抜けたはず。

これ以上ここに留まるつもりであるなら、フェリとグレリア兄上を力尽くで連れて帰る事も辞《じ》さない。

そんな気持ちを湛《たた》えた瞳で、脅《おど》し掛けるようにロウルを射抜く。

「……虹の花を取りに向かっているメンバーがいます」

「そいつらが帰ってくるまで待て、と？」

「…………」

会話が途切《とぎ》れる。

「悪いが、俺もそれなりに限界が近い。だから——」

二人は連れ帰らせてもらう。

もう、後悔はしたくないから。

そう言うより先に、何かがロウルの手から離れた。

緩やかな軌道《きどう》を描きながら俺宛《あて》に投げ渡されたソレを、危なげなく掴み取る。

「最低な判断と、分かってはいるんですけどね……」

言葉が示す意味は、駄目だと分かっていて尚、突き通さなければならない何かがあるという事。

投げ渡されたモノ――中身の入った注射器を見て、俺はロウルに尋ねる。

「これは？」

「比較的即効性のある造血剤です。血が足りないんでしょう？」

「……そういえば、薬師だったか」

白衣を着ているというのに、その事が頭からすっぽりと抜け落ちていた。

薬師であれば、俺の様子を見て身体がどんな状態なのかを理解できてもおかしくはない。

しかし彼は勘違いをしている。

俺がこの孤島から立ち去ろうとした理由は確かに、俺自身が疲弊《ひへい》しているからだ。でもそれは、本当の理由を隠す為の口実に過ぎない。

「ああ、血は足りてない。今にも倒れそうだ」

表情には、一切そう思わせるような何かを出していなかった。だから、言われて初めて気づいたフェリが慌てて駆け寄ろうとするも、そこに待ったをかける。

実際に倒れそうではあるが、ロウルに向けての言葉だった為、少し誇張が入っていた。

だから慌てる程ではない。

「だけど、俺が万全な状態だったとしても、きっと同じ言葉を言う」

守りたいと思える程に大事な者が危険な場所にいる事を許容する人が、どこにいるだろうか。

少なくとも、俺はフェリとグレリア兄上には、今すぐにでもディストブルグに帰ってもらいたいと思っている。

「俺は、もう何も失いたくはないんだよ……だから俺の説得をしようって腹積もりなら諦めろ。ロウル・ツベルグ」

そうして造血剤を投げ返そうとした俺だったが、予想外のひと言に身体が硬直《こうちょく》した。

「シュテン・ヘンゼ・ディストブルグ王子」

たったひと言。

たったひと言だというのに、俺の行動を阻害《そがい》するにはこれ以上ない程にうってつけの言葉だった。

「グレリア王子がここに赴いた理由の一つがそれだと言ったら、どうしますか？　それでもここから立ち去りますか？」

「…………」

グレリア兄上は、俺の知る中で一番聡明《そうめい》な人だと思っている。もちろん、何を考えているか見当もつかないような先生達《みんな》は除いての話だ。

とにかく、一時の感情で動くような人ではない。

だから何かしらのリターンがあるからこそ動いたのだと、頭の隅《すみ》で考えてはいた。

虹の花は万病に効く薬の素《もと》だ。

改めて考えてみると、シュテン・ヘンゼ・ディストブルグの名が出てきたところで何もおかしくはなかった。

「……俺を、脅すか」

「誹《そし》りは幾らでも受けましょう。鞭《むち》を打つような真似《まね》だという自覚もあります。それでも、生きられる可能性がある者には生きてもらいたい。それが薬師って生き物ですよ」

少し離れた場所で、怪我を負った騎士達を介抱《かいほう》するグレリア兄上とウェルス王子の様子が目に映る。

本音はきっと、俺の下に駆け寄って、詰問したいだろう。なんで来たんだと怒っているはずだ。

それでも、介抱を続けている。会ってそれ程月日も経っていない人間の手当を、率先《そっせん》して行っていた。

そんな光景を前に、ロウルは同情を誘うと同時に脅しをかけてきたのだ。性格がとびきり悪い。

……いや、悪い程度では生温《なまぬる》い。限りなく最悪だ。

「あんた、性格悪いな」

「よく言われます」

この状況下で、フェリとグレリア兄上を強引に連れて逃げれば、大多数の人間を見捨てた事となる。

兄であるシュテンをも見捨てた事となる。

持論だが、命には、人それぞれに優劣《ゆうれつ》が存在する。俺にとって優先すべきはフェリとグレリア兄上のみ。他の有象無象《うぞうむぞう》は本当にどうでもいい。たとえ見捨てたところで心は病《や》まない。

その程度で病む心なら、元よりとっくの昔に壊れている。

……いいや。

もう、すでに壊れたんだっけか。

俺の心は。

「…………」

無言を挟み、小さく息を吐く。

「俺にも、情はある」

心を失ってしまったなら、それは最早人間でなく人形だ。機械だ。ロボットだ。

壊れはしたものの、まだ俺の中に心は存在している。

「恩に報いたいと思う心だってある」

今も頭から離れない、ヴェルナーがフェリとグレリア兄上を殺そうとしていた光景。

それを必死に止めようとしていたロウルとウェルスの姿も、頭に残っている。恩には、報いて然《しか》るべきだ。

「…………」

我ながら、甘いなと思う。

こうして悩む時点で甘々《あまあま》だ。

他の者など切り捨てればいいだけなのに。

今までも〝クズ王子〟などと呼ばれて来たのだ。

クズと蔑まれようが今更だろう、と己に言い聞かせても、身体が動いてくれない。

きっと、本来の性格が災《わざわ》いしているんだと思う。生まれる世界を間違えたな、と先生達《みんな》に言われていたあの頃の性格が。

瞼を閉じ、服を捲る。

そして、注射器の針を腹に向けて思い切り打ち込んだ。

「三〇分」

強調するように、あえて言葉を区切る。

「それ以上は無理だ。最大限譲歩《じょうほ》して三〇分」

ヴェルナーが死んだ事は、いずれ孤島の住人に知れ渡る。そうしてヴェルナー以上の存在が出てきたら、もうどうしようもなくなってしまう。

だから、三〇分。

それ以上は何があっても待てない。

「……それで、充分です。ありがとうございます、ファイ王子」

「脅しておいてよく言う」

「それはそれ。これはこれですよ」

ロウルに言いくるめられ、どこか釈然《しゃくぜん》としないまま、俺は剣を握り続ける事となった。

そして、信号弾が一発空に撃ち上がったのは、それから約二〇分後の出来事だった。

第十九話　笑える事は

大気が揺らめき、まるで空間が屈折《くっせつ》したかのような現象が目の前で起こる。ぐにゃりと歪んだ景色に、思わず俺は眉根を寄せた。

「…………」

不測の事態に即座に対応できるようにと辺りに点在させ、不動を貫いていた〝影剣《スパーダ》〟も異変を察知し、小さく揺れる。

〝影剣《スパーダ》〟と俺は表裏一体の存在。故に俺の視界に捉えられたその異変は、タイムラグなしにお互いに伝わった。

俺が指示するまでもなく浮遊《ふゆう》していた〝影剣《スパーダ》〟は、歪みを見せた場所へと半ば自律《じりつ》めいた行動で切っ先を向け始める。

刻々とハッキリとしていく人影の数は二つ。

誰よりも早くソレを感じ取った俺は、逡巡なく最適の答えを行動に移す。遅れて言葉に表した。

「〝影縛り《スパーダ》〟」

言うが早いか、二人の影から浮かび上がるように〝影縛り《スパーダ》〟が生え、行動を縛る。

事前にロウルから、どんな人が虹の花を取りに向かったのかという話は聞いていた。

けれど、その言葉を無条件に信じ込み、急に目の前に現れた存在に信を寄せる程、俺も馬鹿じゃない。

『幻影遊戯』と呼ばれたイディス・ファリザードのような存在が他にいないとも限らないから、何事も疑ってしまう。

親しげに少し話したロウルやウェルスに対してですら、変な気を起こした時には即座に殺せるように準備をしてしまっている。

ファイ・ヘンゼ・ディストブルグとして生を受け、一生の殆どを共に過ごし、かつ気心の知れた相手で、漸く信頼ができる。言ってしまえば、それ以外は余程のことがない限り信頼が置けない。

表面上は仲良くしているように振舞っていても、裏では即座に殺せるよう準備を怠らない。

特徴や雰囲気が事前に教えられていたものに酷似《こくじ》していた二人が現れたというのに、こうして俺は罪悪感を抱く事なく〝影剣《スパーダ》〟を向けている。それが当たり前であると信じて疑っていない。

どこまでも俺という人間は壊れ切っている。そう思わずにはいられなかった。

「ッ‼」

息を呑む音が聞こえてくる。

驚愕に目を見張る二人の表情が瞳に映った。

だが、抵抗しようにも〝影縛り《スパーダ》〟の効力によって身体は動かない。

そんな中、俺は彼らから視線を外して、ある場所に目を向ける。

先程殺したヴェルナーの亡骸《なきがら》へと。

敵ならば、それを見ればほんの少しでも何かしら表情に変化が生まれるはず。

だから、視線誘導によってそれをあぶり出す。そのつもりだったというのに。

「……誰だ、テメェ」

二人のうち一人は、〝影剣《スパーダ》〟に必死に抗《あらが》って、手を震わせながらも背負っていた大鎌に手を伸ばしつつ、俺をひたすらに睨み付ける。

もう一人も俺を観察、というより〝影剣《スパーダ》〟をジッと見ていて、視線誘導をするしない以前の問題だった。

「…………」

ゆっくりと歩み寄る俺は、問いかけられた質問にはまだ答えない。その理由は、答えるより先に、彼らが敵かそうでないかを見極《みきわ》める必要があったから。

そんな時だった。

「待って、ください」

二人のうちの一人。俺よりも幼いであろう少女が、大鎌を手にしようとしている男に向けて声を上げた。

「私、多分あの人を知ってます。実際に会った事はありませんが、きっとあの人は――」

そう言う彼女はどこか、確信めいたものを抱いているようであった。少女の言葉は信頼性の高いものであるともう一人の男も認めているのか、その言葉を聞くや否や、ほんの少しだけ身体から力が抜ける。

そして彼女自身も確固《かっこ》たる自信を抱く為に、一瞬だけ――俺を視ようと試みた。

ファイ・ヘンゼ・ディストブルグという人間を、俺を視たのだ。

「…………」

「……あ？」

自分を抑えようとしていたはずの少女が急に大人しく、放心したかのような状態になった事に違和感を抱いて大鎌を背負った男が声を出していたが、すでに少女の意識はそこになかった。

唐突過ぎる彼女の変化。何が起こったのかと本来ならば俺も訝しむところなんだろうが、どうしてか本能的に彼女が何をしたのかについて理解が及んでいた。

『きっと、また逢《あ》える』

声は聞こえない。

けれど、口元から辛《かろ》うじてそう読み取れる動きを見せ、長髪の男は過去の俺の目の前から姿を消した。

少女の視るという行為がトリガーとなり、奥底に眠《ねむ》っていた記憶が俺の中ででも浮上する。そして違う人間の死に様へとスライドショーのように脳裏に映し出される映像が映り変わる……果てしなくやって来る、人の死。

今度は小柄な少女だった。

過去の俺を庇《かば》い、死んでしまった強い少女。

腹部に大きな穴を開けられて尚、必死に笑って、泣き笑って、満足そうに死んで逝った一人の少女の死に様が映し出された。

そして、もう一人。もう一人とひたすらに続く人の死。同時に視せられる人を殺していく瞬間。

何人も、何人も生きる為にと殺されかけて、此方も生きる為にと殺し続ける地獄がそこには広がっていた。

心が壊れていく感覚。

枯《か》れていく感情。

責めて、責めて、責めて、責め続けて。

幾年も後悔と、孤独に苛まれ続けてきた人間の軌跡。

それでも生き続けたのは、心の奥深くに根付く幸せだった思い出が、大切な人達に囲まれて過ごすひとときの記憶が助けとなっていたから。

それだけが過去の俺を支え、彼らに生かされたという事実だけが辛うじて生きようという意志を構築させていた。

剣を振るって、振るって、振るって。

必死に取り繕って嗤いながら殺す。

感情の枯れた嗤いを浮かべて、ひたすらにその行為が続けられていた。

最期はどうして剣を振るっていたのか。

自分を指し示す指針すらも覚束《おぼつか》なかった。

生きる為にと最期まで振るい続け、数多の骸の上で自刃《じじん》した男の記憶。孤独に耐えられなかった一人の剣士の生き様は、きっとなんの耐性もない少女にとってはあまりに刺激的過ぎた。

次第に彼女の呼吸が荒くなり始める。

そんな顕著《けんちょ》な変化に、大鎌を背負った男が俺に殺意を向けるのも時間の問題だった。

「……なに、しやがった?」

男が驚いた目で俺を見つめてくる。

だけど、彼の心境とは裏腹に俺の心は穏やかだった。

こんな場所で相手を見誤《みあやま》って放心するような人間が敵であるものか、と。もしこれが戦略なのだとしたら、この迫真《はくしん》の演技とやらに賛辞《さんじ》を送る他なかった。

少女のああいった症状に心当たりはない。

ただ、直前に俺の頭の中を覗いてしまったんじゃないのかと。俺を見つめながら、急に放心状態に陥って動悸が激しくなる。加えて、あり得ないと言わんばかりの視線も俺に向いていた。そんな感情を向けられる心当たりは一つ。おまけに、先程俺を襲った懐古。タイミングがタイミングなだけにもしや、視られたのではと、そう思った。

そんな事を考えながら少女の下へと歩み寄り、彼女の目の前で立ち止まる。ロウル達は、何が起こっているのか理解が追いついていないのか、身体を硬直させていた。

俺を止めるものは、誰もいない。

だから俺は――

「あいたっ⁉」

少しだけ身を屈めて、彼女のおでこに向けてデコピンを放った。

「いったぁ……」

両手で痛そうにおでこを押さえ、しゃがみ込んで蹲《うずくま》る少女。

放心状態から解放された事と、すでに〝影縛り《スパーダ》〟が解かれていた事に対してまた、男が驚いた。

「悪いな。急に剣を向けて」

彼らが、ロウルから聞いていた『虚離使い』ゼィルム・バルバトスと、リィンツェル王国が第二王女リーシェン・メイ・リィンツェルで間違いないだろう。

痛がるリーシェンをそっちのけにして、ゼィルムに謝罪する。反省の色を見せた事に対してか、はたまた突然の手のひら返しに驚いたのか、ゼィルムは上《うわ》の空な返事しかできない。

それでも俺は問題ないと判断し、再度〝影剣《スパーダ》〟を警戒に当たらせると同時、改めてリーシェンと向き直る。

「はぁ……」

何をしているんだかと、呆れ混じりにため息が漏れる。

「人の頭ん中を勝手に覗いてんじゃねえよ」

「え、あ、えっと、その、わ、分かるんですか？」

「あれだけあからさまなら誰にだって分かる」

先程の放心状態が未だ尾を引いているのか、リーシェンは上手く頭が働いておらず、言葉も覚束《おぼつか》ないながら、話の流れは一応理解できているらしい。

「耐性がないなら、俺の頭の中は覗かない事をお勧《すす》めする。どうせ覗いた記憶も気分の良いものじゃなかっただろ？」

頭の中を覗かれたのは、これで二度目だろうか。別に覗かれたところで怒る気はない。

記憶を奪われたのなら話は別だけど、ただ覗かれただけならば別段、怒る必要性を感じなかった。

むしろ、呆れの感情の方が強かった。

「それに、その能力はあまり使わない方がいい。でないと、あんたの心が壊れる事になる」

「…………」

まるで他に視える人間に会った事があるような俺の口振りには本気で驚いたようで、それはどこまでもリーシェンを釘付《くぎづ》けにしていた。

「どこまで、知ってるんですか？」

「……さぁな。でも、その答えはあんたが一番知ってるだろ。なにせ視たんだからな。俺の頭ん中を」

皮肉るように言う。

まさに言葉通りであったのだが、リーシェンはその答えを本当に知らないらしく、続く言葉がそれを確証付ける。

「実際のところ、私が視たのは色々な方が死んでいく光景だけでした。それ以外は視えていません」

恐らくそれが俺の心に根付く重要な記憶だから、優先的に流れたのだろう。

「……貴方は会った事が、あるんですか？」

この問いが何を尋ねているのかは自明であった。

「……一人、な。そいつの末路を聞きたいか？」

感情を失ったと呟くヒトが、脳裏に浮かぶ。

笑えなくて、泣けなくて、嘆《なげ》きたいのに嘆くことすら叶わない。それは、感情が壊れてしまったからだと後悔していた人を、俺は知っている。

大切な人が死んだのに、感傷に浸る事すらできなくて後悔し続けていた人を、俺は知っている。

『だから、おれの分まで笑ってくれ。泣いてくれ。怒ってくれ』

そんな言葉を言い遺《のこ》して死んだ人を、俺は知って――

「いえ、やめておきます」

「そうか」

その判断はきっと間違っていないと思うから、俺は笑みを浮かべながらリーシェンの選択を肯定する。

「それで、花は見つかったか」

「はい、皆さんのご助力もあり、無事に」

「そりゃよかった。それなら、きっと治るさ。あんたの家族の病気も」

「私も、この花《薬》で治るって、信じてます」

不安を紛らわす為だったのか、本心からだったのか。

彼女の内心を知ることはできないけれど、向けてきた笑みはとても良い笑顔だと思った。

「くははっ」

無意識につい、口から笑いが漏れ出た。

同時、リーシェンの表情に疑問の色が浮かぶ。

「あぁ、悪い。別にバカにしたかったわけじゃないんだ。ただ、笑えるって素晴らしい事だなと思ってさ」

生まれる世界が違ったのならば、死ぬ最期の時まで苛まれ、苦しんでいたアイツも笑えたんだろうなと思ってしまう。俺も、無理矢理に嗤う事が多いからか、それに合わせるように表情が歪んでしまっている。それもあって、笑う事はあまり好きじゃなかったけれど、やはり、笑える事自体が恵まれている、と改めて思えた。

「自分の感情を、心を大切にな」

ゆっくりと、リーシェンに視線を合わせ、屈んでいた体勢を戻す。この場に留まりたくないと言っていた張本人が時間を浪費《ろうひ》してどうするんだと自責しながら、船を着けている

方向へと足を進めようとしたところで、

「待て」

　声が飛んでくる。

「……テメェ、何者だ？」

　それは、大鎌を携《たずさ》えたゼィルムの声。

「俺か？」

　肩越しに振り向きながら、俺はほんの一瞬だけ悩みながらも、考えを言葉に変えて口にしていく。

「俺は、ディストブルグ王国が第三王子ファイ・ヘンゼ・ディストブルグ」

　様々な想いを胸に、口を開く。

「過去を忘れられない未練がましい――」

　過去を振り切ろうとした事もあった。

　でも、結局無理だった。それどころか、俺はまた今生でも同じ道を辿ろうとしている。

　誰一人として守れなかった俺が、また剣を執って人を守ろうとしている。かつてと全く同じ選択。

　それは愚かな考えなのかもしれない。

でも、俺はこれで良いと、そう思えてしまった。

だから悪びれる事なく、笑いながら言う。

「──〝クズ王子〟だよ」

第二十話　平和な日常で

長く続いた鈍色の空もすっかり晴れ上がり、眩しいとさえ思える太陽の光が燦々《さんさん》と辺りを照らす。

日光を反射する皎皎《こうこう》たる海洋は、まるで無数の宝石が並ぶかのような光景を辺り一面に作り上げていた。

沿岸に広がる堤防に腰掛ける男が三人。

釣り竿《ざお》を片手に糸を垂《た》らし、無造作にクイクイと竿《さお》をしならせながら言葉を交わす。

「本当に出なくてよかったんですか?」

そう言って口を開いたのは、白衣を着た白髪の男──『不死身』の二つ名を持つ〝英雄〟ロウル・ツベルグである。

髪は寝癖《ねぐせ》がついたままなのかボサボサで、〝英雄〟としての威厳は微塵も感じられない状態だ。何も知らない人間が彼を見たならば、ただのおっさんと言ってしまいそうな勢いである。

「いいんだよ。あーいった空気は苦手なんだ」

一切悪びれることなく俺は返事をする。

ロウルが言っているのは、パーティー。

つまり、リィンツェル王国が第三王子――ウェルスの弟に当たる人物の誕生日パーティーについてであった。

「ですけど、殿下ってそれに参加する為にリィンツェルへ赴いてたような……」

余計な事を言って会話に割り込んできたのは、三〇歳程の男。リィンツェルに来てからというもの、かなりの頻度《ひんど》で出会っていた、ディストブルグの小隊の長と名乗る一人の騎士だった。

「……体調が良くないんだ。仕方ないだろ……多分」

そう言いながら、俺は身体中に巻かれた包帯に空《あ》いている手を当てた。ヴェルナーとの戦いの後、サーデンス王国に寄った際に手当てをしてもらった名残《なごり》である。

当初はフェリに治療をしてもらう予定だった。が、その彼女曰く、魔法で何でもかんでも治していると、人が生来持つ治癒能力が失われるから、できる事ならば魔法に頼らない治癒方法の方が良いと、こうして包帯ぐるぐる巻きとなっていた。

ただ、見た目こそ痛々しいものの、怪我自体は〝影剣《スパーダ》〟と生来の体質から齎《もたら》される驚《きょう》異的《いてき》な回復力のお陰で、日常生活に支障《ししょう》をきたさないレベルまで快復《かいふく》を遂げている。

なので体調が良くないという俺の言い分は真っ赤な嘘であった。

「そんな薄着で釣りしてる人間が言っても説得力ねえですよ……」

肌寒い小風が潮《しお》の香りを乗せて吹く中、俺は貴族が着用するような煌《きら》びやかな服ではなく、極めてラフな格好をしていた。

理由としては、正装《せいそう》が邪魔くさかった事と、そんな目立つ格好をしていては、折角仮《け》病《びょう》を使って抜け出してきたというのにすぐに見つかって連れ戻されると、懸念したからである。

呆れ混じりのため息を吐く騎士の男を横目に、俺は「うっさい」と牽制《けんせい》するように言葉を飛ばす。

「……パーティーの事は置いておいて。なんにせよ、今はあの場にいない方が都合がいいんだよ。面倒事はもう懲《こ》り懲《ご》りだ」

「あ、あはは……」

事情を知るロウルは苦笑いを。

何も知らない騎士の男は疑問符を浮かべる。

「それに関しては本当に申し訳ないとしか言いようがありません」

「遅かれ早かれな気もする。が、相当険悪《けんあく》な仲だったんだと思い知らされたよ。あんたらとサーデンスは」

ヴェルナーとの死闘からすでに一週間が経過していた。帰りの航路《こうろ》では安全第一に、とサーデンス王国を経由するルートで帰還したのだが、それが悪手《あくしゅ》だった。

サーデンス側はウェルス達が死ぬと考えていたようで、帰還した一行に対し、瞠目しながらどういう事だと詰め寄った。

そこで発見される、重傷《じゅうしょう》を負った島への許可を出していない俺という存在。加えて、海獣の妨害《ぼうがい》でボロボロとなった、サーデンス側からすれば見慣れない船。

それらの状況から、サーデンス王国の人間はある仮説を立てた。そしてその仮説は、〝英雄〟であるゼィルム・バルバトスがあからさまに俺を避けていた事で真実味を増長《ぞうちょう》させ、サーデンス王国にて、とある一つの噂が立った。

ディストブルグ王国が第三王子ファイ・ヘンゼ・ディストブルグは、ひたすらに爪を隠し続けた〝英雄〟である、と。友好国の王子並びに自国の王子を助けに救援《きゅうえん》へ向かった

〝英雄〟なのだ、と奴らは言い触らしたのだ。

助けてもらったにもかかわらず、巻き込んでしまい申し訳ないと、ロウルやウェルスから何度頭を下げられた事か。

「グレリア兄上を巻き込んだ事や、今回の件に関して負い目が生まれてしまった事は分かる。だが、あれは幾ら何でもないだろ」

思い起こすのは数日前の会話。

グレリア兄上とウェルス、加えて俺とロウルの四人で話し合った、一つの問題に関してである。

◆◆◆

『なぁ、グレリアの弟』

そう言って話を切り出したのはウェルスだった。

『リーシェンの事、どう思う?』

嫌な予感しかしなかった。

できる事なら今すぐその場を立ち去りたいとさえ思ったが、ドアの前にはロウルが立っている。

どうして椅子に座らないのかと疑問に思った時に尋ねなかった、過去の自分を恨んだ。

『どう思うも何も、リーシェン王女と俺は殆ど会話した事すらありませんよ。どう思うと聞かれても分からないとしか』

これでいい。

当たり障りのない答えだけを返していれば全く問題はない。あとは時間が過ぎるのを待つのみ。

『なら、単刀直入に言おう。リーシェンを娶《めと》る気はあるか』

ほら来た、と嘆息《たんそく》せざるを得なかった。

『……何がどうなれば、そこまで話が飛躍《ひやく》するんでしょうか』

『サーデンスでのこちらの失態《しったい》はすでに聞いているだろう。リィンツェルは此度の助力、加えてこの失態の責任を取らなければならない。恩を仇《あだ》で返したままグレリア達を国へ帰せば、我《わたし》は末代まで恥知らずと罵《ののし》られるだろう』

『だから、リーシェン王女を俺に娶らせる事でその恩とやらを返す、と？』

俺は額面通りに言葉を受け取り、少しだけ苛立ちながら返答。

するとどうだろうか、ウェルスは快活に笑うではないか。

俺が、人を物のように扱う態度に怒りを表すと、どうしてか、お前は何を勘違いしているのやらとウェルスが、ロウルが、グレリアが笑い出す。

『それは違う。ウェルスは、ファイの心配をしてるだけだ』

半ば呆れながらも、未だ理解の及ばない俺に向けて諭すようにグレリア兄上が言う。

『お前は長男でもなければ婚約者《こんやくしゃ》もいないだろ？　〝英雄〟という存在を何より重要視するこのご時世。〝英雄〟と噂されるファイが婿養子《むこようし》にでも行ってみろ。どうなるかなんて明白だ……ファイは進んで剣を握りたくはないんだろ？　だったらいっそ、ウェルスの妹とファイが婚約すればと思ってな。リィンツェルならファイの気持ちを汲《く》んでくれるだろうしな。こちらに負い目を感じているウェルスには悪いが、オレがそう提案した』

なるほどなと思った。

『それでウェルス王子はその提案を呑んだ、と』

聞く限り、本意ではないんだろう。

なら話は簡単だ。

『であれば、その話はお断りさせて頂きます。なにより、リーシェン王女は特殊でしょう？　政略《せいりゃく》結婚なんて絶望的に向いていませんよ。彼女に関しては、そういった相手は自分自身で見つけるべきです』

そう言うと、また笑いが湧いた。

俺に話す前に、あらかじめ三人で話し合っていたのか。いや、そうとしか考えられなかった。

『リーシェンの事を考えてくれているのは嬉しいが、グレリアの提案に我《わたし》は反対するどころか諸手《もろて》を挙げて賛成したぞ？』

『…………』

ウェルスの言葉に頭が真っ白になる。

どういう事だ、と思考が停止し、言葉がうまく出てこない。

『は？』

数秒後、やっと理解が追いついた俺は、唖然としながら目を点にして、口をあんぐりと開いた。

『で、ですけど、俺とグレリア兄上の二人が同じ国の姫を娶るというのは……』

『外交上の心配ならば問題はない。そこのグレリアが側室《そくしつ》をもうければいいだけの話なんだからな』

『しかし……』

『メビアがグレリアの側室に反対するようであれば、我《わたし》が説得をしよう。リーシェンにもちゃんと話は通してある。それでもまだ、問題があるか？』

グレリア兄上の婚約者であるメビア・メイ・リィンツェルをも説得する、とウェルスは言う。

最早、反論の余地は一切存在しなかった。

だけれど、それでも俺は――

『……少し、時間を頂けませんか』

『ああ。別に今すぐという話ではない。そちらの王にも許可を取らなければならないしな。悩むという事は、それだけリーシェンの事や今後の身の振り方を考えてくれているのだろう？　別に構わない。リィンツェルを出る前に返事をくれればそれで、な』

◆◆◆

「僕はお似合いだと思いますよ。ファイ王子とリーシェン姫殿下は」

交わした会話を思い起こしながら、ロウルは呑気《のんき》に笑う。

「お似合い、か……」

雲一つない空を見上げた。

ただひたすらに青が広がるだけの広大な空を。

色んな人と出会って。

色んな人と過ごして。

命の儚さを知った。

自分自身の考えを知った。

その上で、将来俺の隣に誰かがいるという事を想像して――

「……いや、やっぱ有り得ないな」

かぶりを振る。

「僕は、そんなところがお似合いだと思ってるんですけどね」

「あんたも、変な事を言う」

「そうですかねえ」

側に置いていた釣りの餌箱を開き、海に向けてそれを振りまきながら、ロウルは言葉を続けた。

「これでも王家との付き合いは長いものでして。だからこそ、リーシェン姫殿下の側にどんな人間が必要なのかよく分かります」

「それが俺だと？」

「あのお方に必要な人は、清廉潔白《せいれんけっぱく》な人間でも、彼女にも視る事のできない特別な体質の人間でもない。彼女の境遇《きょうぐう》を正しく理解し、気遣える人間です。そう考えると、ファイ王子はこれ以上ない程に適任なんですよ」

ここで漸く、合点がいった。

「俺とリーシェン王女の会話、聞こえてたのか。あの距離で」

「僕もそれなりに特殊な体質なものでして」

その言い回しから察するに、人より五感が優れているのだろう。

道理で、という気持ちが溢れた。

「ドヴォルグの件といい、今回の件といい、俺は随分得体の知れないヤツに目をつけられたもんだ」

あれから一度、『豪商』——ドヴォルグ・ツァーリッヒの下へ、俺は向かっている。

裏街のあの場所へ行くと、見覚えのある番の少年と再び出会い、そして付いてこいと言われ、トントン拍子にドヴォルグ・ツァーリッヒとの面会が叶った。

酷く傷つけた船についての謝罪と約束の履行《りこう》。

それを話すとドヴォルグは笑って、

『すでに性悪薬師から対価は貰っています。なので貴方が何かを差し出す必要はありません』

そう言った。

ただ――

『ですが、貴方がそれでは気が治まらないと言うなら「貸し」としておきます。ウォリックには、てっきりすでに路傍でくたばっているかと思っていた、とお伝えください』

ドヴォルグの言う性悪薬師とはロウルの事だろう。

俺が彼女の下に向かったのは、リィンツェルに着いてすぐ。ということは、孤島に向かうより先にロウルは手を回していた事になる。一体何を考えているのだかと呆れると同時、先生達《みんな》のような得体の知れなさを感じてしまった。

「お互い様ですよ。僕からしてみれば、ファイ王子こそ得体の知れないお方ですから」

「そんな得体の知れないヤツを婚約者に据えようって思ったのか？　本当に、分からない人だな、あんたは」

そう言いながら、俺もロウルに倣《なら》うように餌をまいた。

「だけど、本当に今はまだそういった事は考えられないんだ」

――大好きだよ＊＊＊

懐かしい声を幻聴で聞きながら、繰り返す。

「だから、有難《ありがた》い申し出だと分かっているが、断らせてもらうつもりだ」

〝クズ王子〟という蔑称が先行した結果、ひと通り縁談《えんだん》は破談《はだん》となった俺であるが、〝英雄〟となれば話は変わってくる。一度破談にしたにもかかわらず、再び申し出てくる不躾《ぶしつけ》な者もいるやも知れない。

そしてそれは、父親とグレリア兄上の負担《ふたん》に繋がる。だからこそ、今回の申し出は有難いものだった。

それでも、俺は受け入れようと思えなかった。

言葉は濁したが、きっとこれから先も、ずっと。

「そう、ですか……」

「……悪いな」

もしかすると、俺がそう答えるんじゃないかとまるで知っていたかのように、釣り糸の先を見つめながらロウルは小さく笑う。

「でしたら」

それから、代わりにと言わんばかりに、こう続ける。

「気に掛けるだけでも、しては頂けませんか」

唐突に告げられたその言葉に、俺は少しだけ目を見開いた。遅れて「ふははっ」と破顔をする。

「そんな事」

リーシェンと似たような人間を知る者だからこそ。

『視える』人間の一つの末路を知っている俺だからこそ、返事は決まっていた。

「言われなくともそのつもりだ」

本当に、あの男は見るに堪《た》えない死に方をしていた。その二の舞にならないように気に掛ける事について、俺が首を横に振れるはずもなかった。それに、グレリア兄上の義妹にあたる人間だ。気にかける程度の理由ならば多く転がっている。

「ただ、こんな俺で良ければ、だけどな」

「ええ、よろしくお願いします」

綺麗に会話が纏まった、その時だった。

「う、うおおおおお⁉」

つまらなさそうに聞き役に徹《てっ》していた騎士の男の竿がしなり、驚愕に声を上げた。

「お、ついに来たか！！」

随分と長くいたのに全くと言っていい程釣れていなかったからか、興奮もあらわに俺も声を上げる。

「こ、これはでけえええええ‼」

だけれど、ロウルだけはどこか冷めた目だった。

「うおおおおおおおおおッ！！！」

ギシギシと思い切り竿をしならせる男を諭すようにゆっくりと、

「多分、それ根掛《ねが》かり――」

しかし、すでに時遅し。

騎士の男の怪力に耐え切れず、ボキッ、と硬質な音を鳴らして釣り竿は俺達の目の前で真《ま》っ二《ぷた》つに折れ曲がる。

「………………」

折れた釣り竿の片割れがぽちゃりと海に落ちると同時、なんとも言えぬ沈黙が場に降りた。

数秒を挟み、漸く現状を理解したのか、

「う、うそだろおおおおおおお⁉」

し、しーらねっ。と素知らぬふりを決め込む俺の横で、頭を抱えて絶叫《ぜっきょう》する大人の姿があったとかなかったとか。しかし得てして不幸は続くもので、それは俺にまで襲い掛かる。

「あ！　いました‼　殿下があそこで釣りしてます‼」

「くそが‼　見つかった‼　ロウル、釣り竿を頼む‼」

遠く離れた場所から聞こえたフェリの声が鼓膜を揺らす。

それにいちはやく気づいた俺は、慌ててその場を後にしようとするも、ガシリと身体を掴まれる。

いつか体験したような感覚。既視感《きしかん》すら覚える。

「あ、あれ、な、なぁ……ロウル？」

「一応、これでも薬師の端くれですので」

ニッコリと悪い笑みを浮かべるロウルの顔は、とても眩しくて……とても真っ黒であった。

バタバタと抵抗を試みるも、どうしてか拘束は解けない。

「ま、待てよ。俺達釣り仲間だよな。男の友情はなによりも固いって言うよな……？」

恐る恐るそう言ってはみるものの、

「大人しく捕まって、養生しましょう」

地獄に突き落とす言葉しか聞こえてこなかった。

「ちくしょうがあああああ！！」

その日、海岸に二つの絶叫が悲しげに木霊した。

◆◆◆

ディストブルグから向けられた使者により、父親であるフィリプ・ヘンゼ・ディストブルグが何者かに襲われた旨《むね》の書簡《しょかん》が届いたのは、それから更に数日後。リィンツェルからディストブルグに戻る道中の事だった。

第二十一話　＊＊＊

グレリア達がリィンツェルにいた頃。一つの人影が無人であったファイの部屋を訪れていた。

「まーたこんなにお花を買ってきてからに」

呆れ混じりに、それでいてほんの少しだけ嬉しそうに、一人のメイドが束《たば》にして置かれた花に目を向けた。

ここ数年ですっかり身近に感じるようになった、赤に咲き誇る彼岸《ひがん》の花。

花言葉は『また会う日を楽しみに』。

風情を感じさせながら、恐ろしいほど赤いその花は、時折不吉さをも与えてくる。

ただ、彼女――ラティファだけはその花に対し、懐かしさしか感じ得ないでいた。

「ホント、誰が世話をすると思っているんだか」

水を汲んできた花瓶《かびん》に、花束から彼岸花を一輪《いちりん》、一輪取り出し、生けていく。

「しかも毎度のように彼岸花」

六輪目を生け終わり、最後の一輪を手にしたところで、ラティファは動きを止めた。

「丁寧《ていねい》に七輪も用意しちゃって」

そして、どこか過去を懐かしむように手にしていた彼岸花を眺め、破顔する。

「きっとみんなも笑ってるよ？　全然成長してないなって」

今は姿の見えない主人を想う。

人一倍心が弱くて、寂《さび》しがり屋。

真に彼女を想うからこそ、彼女は――ラティファは突き放し続ける。

きっと、心に秘めた過去を打ち明ければ、彼は自分に依存すると考えたから。

嫌なわけではない。それは嬉しい事だと思う。だけれど、決して求めていたものではない。ラティファが焦がれていた部分は、決して弱いだけの一面ではなかった。

愚直に一つの事に向かって足掻き続ける姿。

強くもない癖に、誰よりも人を想い、誰より悲しむその優しさに、ラティファは誰より焦がれた。

守ってあげたいと思ってしまった。

依存し合う関係は彼女、いや、ラティファでありティアラである限り、それを認められはしない。

「ねえ、そろそろ見つけてくれた？」

——昔のように、馬鹿みたいに笑って過ごせる理由を。生きようと思える理由を。

アイツを一人最後に残しては逝けないよな、と。

ラティファとファイが先生と呼んでいた人物の言葉が不意に思い起こされ、耳朶を打つような感覚に見舞われた。それはまだ、幸せが続いていた頃の話。

その時でさえ、彼には危《あや》うさがあった。

言動に、脆《もろ》い部分が浮き出ていた。だから誰もが言う。アイツを一人最後に残しては逝けない、と。

けれど、きっとあの様子を見る限り、最後まで生き残ってしまったんだろうなと、ラティファは申し訳なさそうに目を伏せた。

「誰も、責めなかっただろうになぁ」

むしろ逆で、先に逝ってしまう事に対して罪悪感を抱く者が多数だっただろうなと断言できた。

自分がそうだったように、他の者もきっと。

ただ、ファイの性格を考えるに、

「でもそれが自責させる原因になったのかもしれない、か……」

傍から見ても明らかな程、ファイは自分を責め続けていた。がむしゃらに生きる為。守る為。誰かに勝ちたい為。失わないようにする為。そんな想いを抱いて剣を振るっていたかつての面影《おもかげ》は、殆ど残ってはいない。

「ままならないなあ、本当に」

でも、と言葉を続ける。

「だけど、＊＊＊が言ったんだよ？　守ってくれるって。だから今はまだ、あたしは助けてあげない」

偶々《たまたま》、また出会えたけれど、次は恐らくないだろうとラティファは考える。今自分が手を差し伸べたところでその場しのぎにしかならないと。その選択は更にファイを苦しめる結果にしかならないと理解しているからこそ、彼女は突き放す。

だから、ラティファという一人のメイドを演じ続けるのだ。

「自分の足で、自分なりの生きる理由を早く見つけてよ」

それが、何より貴方の為になるだろうから。

「そしたらきっと、またあたしは貴方に焦がれるんだろうなあ。それで、恋をして。愛してるなんて言葉を口にして……」

あの時のような、愚直過ぎる生き方に、在り方にきっと憧憬《どうけい》して、恋慕《れんぼ》して、懸想《けそう》して、毎日のように目で追って、馬鹿みたいに嬉しそうにして話しかけるんだろうなと、未来を想う。

かつての記憶が同調し、あの頃のようにと想いが募り募る。

「今度はもっと、色々な思い出を作って……もっと、もっと笑っていたいよね」

だから。

「また、あたしを焦がれさせてよ。愛させてよ。格好いいところ、見せてよ」

自覚のある止めどない愛をさらけ出す。

もう、薄れてしまうくらいに昔の話。

まだお互いにいがみ合っていた頃の記憶が蘇る。

少年と少女が、出会ったあの日の記憶が。初めて、＊＊＊と言葉を交わす事になったあの日の出来事が思い起こされる。

◆◆◆

辺り一帯に、炎が降り注いだ日だった。

いびつなカタチをした太陽から業火《ごうか》が降り注ぎ、黒い太陽が天《そら》を支配していた。

住人は誰もが逃げ出そうとするも、惨状を引き起こした下手人《げしゅにん》の手によって無情にも殺される。

それの繰り返し。

あの世界では酷く見慣れた光景。

誰かの都合で人が殺される。そんな事は茶飯事だ。

弱い事こそが罪。それが是《ぜ》とされた世界なのだから。

ティアラ達は偶々その町に立ち寄っただけだった。

業火に包まれる凄惨な光景を横目に、通り過ぎるつもりだった。しかし、その行動を無《む》謀《ぼう》にも阻んだ少年がいた。

耳に焼きついた悲鳴。

鼻にこびりつく不快な焼けたニオイ。

目に映し出された崩れ落ちる町。

焼け爛《ただ》れた人だった何か。

少年は一人の女性を——母だった者を抱きながら嗚咽《おえつ》を漏らす。

そんな中で視界に入った、悠々《ゆうゆう》とした足取りでこの地獄を歩く数人の人影。少年には、彼らがこの惨状を生み出した下手人の仲間に映ってしまった。

だから堰を切ったように怒りの感情が湧き上がってしまった。

ただ、生きていただけだったのに。

誰にも迷惑をかけていなかったのに。

なのに、過ごしていた平凡な日常を壊され、何もかもを奪われた。

『オイオイ、マジかよ』

誰かが驚いたような、それでいて呆れたような声を出したにもかかわらず、少年はそんな事は御構《おかま》いなしに、気づいた時には喚《わめ》き声《ごえ》を上げながら彼らに肉薄し、殴り掛かっていた。

少年と少女の初めては、そんな出会いだった。

それから、何を思ってか、先生と慕う者は殴り掛かってきた少年を気絶《きぜつ》させた後、「この子供、僕が面倒を見る事にする」なんて言って。

仲間が、家族が一人増える事になった。

初めは、ずっとめそめそと泣き続ける鬱陶《うっとう》しいヤツ、とティアラは思っていた。

話し掛ければ、お前に何が分かるんだと喚いて。

だからティアラは何度も、何度も殴った。

分からせるように、暴力を振るった。

そしてティアラは、この世界において力がない者は何一つ守る事ができない、生きる事さえ叶わないのだと、感情に任せて叫び散らした。

『……こんな俺を、生かしてくれた人の為に生き続けたい。もう、誰も失いたくない』

そんな日々が幾日か続いたある日。

目を腫《は》らし、涙でぐしゃぐしゃになった相貌で初めて、彼はまともな言葉を返してきた事があった。

まだ泣き止んではいなかったけれど、懇願するように、嗚咽混じりに言葉を絞り出す。

『力が、欲しいんだ』

その日から、少年は再び歩き始める。

初めは、お世辞にも仲が良いとは言えない関係。

何より、ティアラが少年を嫌っていた。

けれど馬鹿みたいに毎日鍛錬《たんれん》をして、剣を振るって、教えを乞《こ》いて。そんな姿を見るうちに、印象は変わっていった。

みんなを守れるようになりたい、だなんて少年が言い始めたのはいつだったか。

特にティアラにはあまりいい感情を抱いてなかっただろうに、それでも守りたいと。大事だと。家族はもう、失いたくない、と面と向かって何度も言われ続け。

いつの間にか、気づけば少女が少年を目で追うようになっていた。

◆◆◆

彼女が焦がれたのはそういった部分だ。

だからこそ、あからさまに手を差し伸べやしない。

「人生は、自分の足で歩いて『生きて』こそ、だよ」

生きていれば、幸せは見つかる。

実際、そうだったでしょ、とラティファは微笑む。

「散々そう先生に言われたよね。忘れたなんて、言わせない。言わせないから」

何故ならば、ラティファもまた、道に迷っていた彼の相談に、先生と一緒に乗った人物の一人であったから。

かけがえのない家族を想い、気持ちを言葉に変えて感情を乗せる。

「だから、あたしはずっと待ってるよ――シヅキ」

ラティファは手にしていた最後の一輪の彼岸花を生け、主人が不在の暗い部屋を、後にした。

【番外編】 遠い昔の過去

生きる理由は、義務だった。

生きる理由は、生かされたからだった。

前を歩く理由は、憧れたからだった。

　前を歩く理由は、守りたかったからだった。

　力が欲しかった。

何もかもを貫けるチカラが。

力が欲しかった。

全てを死《ころ》せるチカラが。

託された想いを叶えられるだけのチカラが、欲しかった。

荒れ狂う悪意の中、溢れ、蠢《うごめ》く数多の死。

敵しかいない孤独なひとりぼっちの世界にて、懸命《けんめい》する事しか許されない中、俺はひとり、剣を握っていた。握る事しか、できなかった。

己自身の心の裡《うち》で、自分を支える柱となっているのは、容赦なく蹂躙《じゅうりん》する死ばかり。そして、遺された言葉が唯一無二の核。

ただ、ひたすらそれだけが俺を動かしていた。

それしか、理由がなかった。

それだけが、生きる理由となっていた。

答えを教えてくれる人は、もう誰もいない。

誰も彼も、俺の前からいなくなった。

死んでしまった。託して、逝った。

もう、独りだ。誰もいない。幸せだった日々は、もう随分と前に己の手から離れてしまった……本当に、独り。

だけど、彼らから教えを受けた『答え』が俺にはある。彼らから想いを託された俺は、『答え』とやらを己の目で確認しなくてはならない。

生きた先にこそ、『答え』がある。その言葉を盲信《もうしん》した果てを。彼らの言った、『答え』とやらを。

だか、ら。

俺は、生き続けなければならない。

剣を振るわなければいけない。

殺さなければ、いけない。

だから、だから。

俺は、『答え』を見つけなければならない。

だから。だから。だから。

生かされ続けたこの命の灯火《ともしび》を、どんな事があっても消してはならない。灯し続けなければならない。

だか、ら。

だからだからだからだからだからだからだからだからだからだからだからだからだからだから

だからだからだからだからだからだからだからだからだからだからだからだからだからだ
からだからだからだからだからだからだからだからだからだからだからだからだからだか
らだからだからだからだからだからだからだからだからだからだからだからだからだから
だから————ッ！！！

俺は、何が何でも生き続けなければならない。
それが、贖罪であり、生かされた者の義務。
遺されたバトンはこの身一つ。

たとえこの身が朽《く》ち果てようと、為《な》さねばならない。せめて、彼らが終生腐心《ふしん》したあの〝行商〟と〝異形〟だけは、殺し尽くさねばならない。
この間違った世界を、俺は死《ころ》さなければ、ならないのだ。

◆◆◆

『――悪ぃな。お前に十字架背負わせちまってよ』

声が聞こえた。

『――もう、私は要らないでしょ。だから、泣かないでよ。シヅキは、もう一人で歩けるんだから』

声が、聞こえた。

『――悪りぃだァ？　ンな事言う暇あんなら〝異形〟の一体でも殺してこい。オレは少し先に寝るだけだっつーの。だから……でけえ男が泣いてんじゃねえよ』

声、が、きこえた。

『――大好きだよ、シヅキ』

コエが、きこえた。

『──きっとまた、会える』

コエガ、キコエタ。


気づけば、視界はボヤけていた。

雨に濡《ぬ》れたガラス越しの景色のように、滲んで、歪んで、ボヤけた世界。でも、その世界に浸《つ》かっている場合ではないと。

俺は、手の甲で目元を拭った。


『──ガ』

不愉快な声が、薄《うっす》らと聞こえる。

視界の中には、見慣れた〝異形〟が数える事も億劫になる程に、溢れていた。〝黒の行商〟が掲げる救済、その成れの果て。

あの醜い姿のどこに、救済があるのだろうか。

たとえ、その先に救済とやらがあろうと、俺はお断りであった。

理性を、知性を差し出した、生き物と呼ぶ事すらできない畜生共が怒り、哮る。

そして、彼らは、最早言葉にする事すら叶わない、ヤツらに説かれた〝救済〟とやらを、

『ガアアアアアァァァァァアア————ッ！！！』

どこまでも醜く絶唱《ぜっしょう》した。

『……ひと振り、決殺』

手にしていた黒い剣——〝影剣《スパーダ》〟を掲げ、俺は無機質な声を洩らす。淡々とした、酷く冷静な声音。憐《あわ》れむ心はすでに失われた。

故に同情する気は一切ない。躊躇《ため》いはあり得ない。躊躇《ちゅうちょ》も必要としない。俺がやるべき事はただ一つ。

〝異形〟を殺す事、ただそれだけ。

囀《さえず》る喚き声が際限なく鼓膜を叩きつける。

醜い、声。

生理的不快感を催《もよお》す叫び声だった。

俺へと狙いを定めた〝異形〟共は、ひと足で数十メートルもの距離を縮め、もうひと足地面を蹴ればすぐ目の前にまで迫り来た。

けれど、すでに俺がやる事は決まっている。己が憧れてやまない人物の口癖を口にするが早いか、思い切り〝影剣《スパーダ》〟を地面に、突き立てた。

俺に狙いを定めた〝異形〟の数はざっと五〇。

でも、関係がなかった。

障害に、なり得るはずがなかったのだ。

イメージするは剣の山。灰が舞うだけの虚《うつ》ろな荒野。誰一人として立っていられない、墓標《ぼひょう》の、丘。

天からは雲の隙間から斜陽《しゃよう》が差し込んでいる。影は、辺りに満ちており、コンディションは悪くない。

『――死《ころ》せ』

静謐《せいひつ》な怒りを込めて、世界に謳う。

『――〝影剣《スパーダ》〟』

大地に、殺意を孕んだ影が走る。

明確な憎悪。

俺の感情の映し鏡のようなソレは恐るべき速度で周囲一帯に伸び、次いでこちらに向かっていた〝異形〟の足がピタリと止まった。

そして、声にもならない絶叫が響き渡ると同時、彼らの身体から無数の〝影剣《スパーダ》〟が顔を覗かせ、唐紅《からくれない》の真っ赤な花が咲き誇る。

枝分かれしたかのような、無骨《ぶこつ》な花は、すぐさま地面を赤く彩った。

『俺の、邪魔をするな……！』

憤怒《ふんぬ》に相貌を歪め、己を取り囲んでいた〝異形〟には目もくれず、また一歩と足を進める。

間もなくして、じゃり、と砂を踏む音が立った。

下を向いて歩いていた俺は、ゆっくりと顔を上げる。

少し、毛色の違う〝異形〟がギョロリと眼球を動かし、俺を見つめていた。

通常の、〝異形〟とは異なった〝異形〟。

僅かに姿形の異なった彼らを、俺達は——〝変異種〟と呼んでいた。

剣を、手にしている。

どこで拾ったのか予想もつかない、大きな、大きな大剣。剣身の全長は、きっと俺の身長よりも大きい。

でも、関係ない。それがどうした、という話だった。

『……ろ』

掠れた声で、言い捨てる。

『消え、ろ』

棒のようになった足を動かし、手にしていた〝影剣《スパーダ》〟の切っ先を〝変異種〟へ向ける。

瞬間、突然生えたかのように、影から出でる影色の剣身。妖しく輝くソレが、天に向かって〝変異種〟の影を貫いた。

しかし花は、咲かない。

あるのはただ、虚しく突き上がった漆黒《しっこく》の剣身だけ。〝変異種〟の姿はどこにもなかった。

目の前から、突《とつ》として姿を消した〝変異種〟。

けれど、目には見えずとも、耳がある。鼻がある。

故に、俺はすぐ側、何もないはずの空間に向かって、〝影剣《スパーダ》〟を振るった。

刹那、薄暮色に染まった周囲に火花が散った。

『……ガ、ァ』

鍔迫り合い、カタカタとせめぎ合う。

どうして、防がれたのか。

どうして、こうも物量差があるのにもかかわらず、攻《せ》めきれないのか。それらに関する疑念が、〝変異種〟の持つ不気味な眼球の瞳孔《どうこう》の奥にハッキリと見えた。

『力任せに振るうばかりが剣じゃねえ……馬鹿にするな』

ぴしり、と〝異形〟の持つ大剣の剣身に、亀裂が生じた。

『それに、〝影剣《スパーダ》〟とそのナマクラが同等と考える時点で、お前に勝機はねえよ』

力のぶつかり合いにより大剣の刃が欠け、綻びが目に見えて明らかとなり始める。

これ以上は剣が保たないと、理解をしたのか。

〝変異種〟が鍔迫り合いをやめ、距離を取ろうと試みるも——

『もう遅い』

俺はその行為を嘲笑《あざわら》うかのように、侮蔑まじりの視線を向けながら吐き捨てた。

空気が、変わる。

手にしていた〝影剣《スパーダ》〟から漏れ出る黒いナニカ。ぶわっ、と剣身から溢れ出る影のような黒。次いで、声を大気に響かせた。

『〝斬撃《スパーダ》〟』

剣身同士を交差させた状態にて放たれるイチゲキ。

〝影剣〟から生まれる黒い斬撃は、目の前の光景の悉くを縦に斬り割く。

しかし、地に転がったのは剣だったモノの残骸のみ。

そして僅かに、赤色の水玉模様が散らばった。

『ガ、』

質量の差で優劣が決まると信じて疑っていなかったのか。〝変異種〟の瞳には、先程まではまるで違う感情が、恨みがましく潜んでいるのがありありと分かる。直後、冷えた眼光を向ける俺とは正反対の——

『ガアアアアァァァァァア——ッ！！！』

苛烈《かれつ》過ぎる激烈《げきれつ》な咆哮が走り、大気を縦横無尽に引き裂いた。

僅かに刃が食い込んだのか、丸太のような首——頚椎付近からナナメに裂傷が伸び、血が滴《したた》っている。

己の血を見た事で、〝変異種〟は激情していた。

〝変異種〟と〝通常種〟。

〝異形〟に存在するその二種類の差は、シンプルに強さ。種としての格が、異なっている。

それは膂力であったり、五感の性能であったり、硬化《こうか》した皮膚であったり。

言うなれば、〝変異種〟とは生まれながらにして〝異形〟の王であった。故に傲慢がある。意味をなさないプライドがある。

強者としての自覚が、誰よりもあった。

だから、哮る。叫ぶ。

猛り、怒りを乗せた咆哮を――

「アアアアアアアアァァァァァァアアアアアッッ！！！」

轟かせた。

直後、〝変異種〟の肉薄した姿が、今までの戦闘の中で一番大きく映り込んだ。引き絞られた凶撃が唸りを上げて、迫っている。

でも、焦りはない。

焦燥に駆られるはずがない。

何故ならば、俺もすでに、

『虚《きょ》を突いたと思ってんなら、大間違いだ……‼』

――剣を振るっていたのだから。

程なく、ガキンッ、と硬質な音が響く。

拳と剣が交差し打ち合った音とは思えない、金属音に似た衝突音であった。

『ガッ……』

しかし、互角とはならない。

鉄よりも硬い肌であろうと、〝影剣《スパーダ》〟に斬れないものは存在しない。

斬れないと踏んでいるならば、それはどうしようもなく愚かな傲慢だ。そんなヤツには思い知らせなければならない。

斬り裂かなければならない。

殺さなければならない。

何より、〝異形〟は、根絶《こんぜつ》しなければならない。

先生達《みんな》の意志を、指針を、俺が継ぐと決めていたから。

だから、だから――‼

『――は、アッ』

立て直す暇すら与えない連撃猛攻《もうこう》。

漆黒の剣身を肉に走らせ、二撃、三撃と数を重ね、斬り裂いていく。鮮血色の飛沫は止む事を知らず、枯れた大地に赤を落とす。

痛撃《つうげき》に表情を歪め、くぐもった唸り声を上げようと、手心《てごころ》は存在しない。

振り下ろし、斬り上げ、翻し、刺し、貫く。

飛び回り、駆け回り、視界を翻弄《ほんろう》して、血肉を、穿つ。

怒りと使命感に身を委ね、〝影剣《凶刃》〟を振るって、振るって、振るい続けて。

目を血走らせ、縦横無尽に斬り裂き続け、我に返った時。

『…………』

目の前には、物言わぬ血に濡れた肉の塊が一つ。

時折痙攣を繰り返すナニカがあった。

命の火は、消えていた。

〝異形〟は、何があっても殺し尽くさなければならない。だから俺は、前を歩くのだ。

己が剣を振るっていた理由も、生き続けたいと思えたキッカケも、支えすらも、何もかも。すでに失ってしまっていると心のどこかで知りながら俺は、足を進めた。

生き続ければ、答えは見つかる。

その言葉しか、もう縋るものはなかった。

◆◆◆

『なあ』

声が響き、灰が舞う。

暗雲《あんうん》に閉ざされた天の下。

果てしなく広がる骸の山の上で、問い掛けた。

『なぁ』

返事は、ない。

この間《ま》が、どこまでもひとりぼっちなのだと実感させてくる。

でも、もう慣れた。

『もう、いいよな』

赦《ゆる》しを乞《こ》う罪人のように、哀愁《あいしゅう》に塗れた声音で言う。摩耗《まもう》した心は、涙すらも枯らした。

『……辛いんだ』

打ち明ける相手も、安寧《あんねい》の場所すら存在しない世界。『守られた』という事実が、逃げる事を許さない。後ろを向く事すらも、許してはくれなかった。

『あの頃を思い出すと、辛くなる。でも、思い出せないのはもっと辛い』

だから、絶対に忘れてなるものかと。

脳裏に刻み付けられた、かつての『幸せ』に満ちていた光景を何度も、何度も、思い返す。

そして、現実に引き戻されて。誰もいないという事実に独り、嘆いた。そんな日が毎日――毎日――毎日――繰り返される。

『〝異形〟は、殺したよ。元凶《げんきょう》だって、殺した』
使い物にならなくなった半身に目をやり、泣き笑う。
『でも、答えはなかった。見つけられ、なかった』
独りになって幾日経過したのか。
分かる由《よし》もないけれど、もう限界だった。
解放されたかった。『生』という地獄から。
『本当は、さ。俺は別に強くならなくてもよかったんだ』
それは己がひた隠しにし続けてきた本音。
『実を言うと、みんなと過ごす日常が続けばそれでよかった』
心が絶望的に弱いと言われてきた。
その通りだ。俺は、どれだけ剣を振るっても、強い人間にはなれなかった。
『それだけで、俺は幸せだった』
カシャリ、と剣が鳴った。

なぁ。

『……もう一度で、いいから、会いたいんだ。戻りたいんだ』

それは、心の吐露。

『もう、一度でいいから――』

だから――ごめん。

その言葉を最期に、カラン、と手から零れ落ちた剣が、虚しい鉄の音を響かせた。

あとがき

この度は文庫版『前世は剣帝。今生クズ王子2』をお手に取っていただき、誠にありがとうございます。

第二巻では、主に戦闘狂とも呼ぶべき敵との掛け合い、主人公であるファイの過去、そして、第一巻で殆ど関わりのなかった兄、グレリアを交えての巻となっています。

特に、作者自身が戦いの中で行われる口撃と言いますか、掛け合いが大好きな為、その点には力を入れました……！

本巻は戦闘シーンの挿絵を重点的に入れていた事もあり、より一層迫力を増した一冊になったのではないかなと自負しております。

ただ、戦闘ばかりだと物語の展開を進める事が色々としんどいかなと考え、新キャラであるドヴォルグを交え、クスリと笑える要素を加えるなど、試行錯誤《しこうさくご》した部分もありました。

処女作だった今作の第一巻を経た事もあり、第二巻では、タイトルにある『剣帝』と『クズ王子』の部分をうまい具合に作品の内容に織り込めた気がしています。

また、ラストの方ではこれまで語られていなかった過去の情報や、その絡みについて書きました。特に、私はファイの過去について書く事が大好きなので、彼のエピソードを掘り下げて書けたのは、とても楽しかったです。主人公であるファイが前を向いて歩いていく姿を、作品の要所要所に鏤《ちりば》められたのではないかと思います。

また、ｗｅｂ上で執筆をしていた際は、リィンツェルでのロウルとのやり取りを最後に、この巻を締めるつもりでいました。けれども、執筆しているうちに「新たな情報を付け足して締めた方が良さそう……！」と気づき、今の形に落ち着いた次第です。

それから、作中で意味深《いみしん》な発言をするラティファですが、ファイの過去の仲間である、とある人物と名前の繋がりを作っています。宜しければ、そちらも探してみていただけると嬉しいです。

最後に、本作に携《たずさ》わってくださった担当編集さん、イラストレーターの山椒魚先生、今作の漫画版を描いていただいた早神あたか先生を始めとした皆々様に、この場を借りて心より感謝を申し上げます。

それでは、次巻でも皆様とお会い出来る事を願い、この辺でお暇させていただきます。

二〇二一年十月　アルト

大好評発売中！
累計610万部突破！
(電子含む)
ゲート SEASON 1
大好評発売中！
コミックス
最新19巻
大好評発売中！
単行本
●本編1～5／外伝1～4／外伝+
●各定価：1870円(10%税込)
文庫
●本編1～5〈各上・下〉／外伝1～4〈各上・下〉／外伝+〈上・下〉
●各定価：660円(10%税込)
漫画
漫画：竿尾悟
●1～19(以下、続刊)
●各定価：770円(10%税込)
スピンオフコミックスもチェック!!
ゲート featuring The Starry Heavens
原作：柳内たくみ
漫画：阿倍野ちゃこ
1～2
ゲート 帝国の薔薇騎士団 ピニャ・コ・ラーダ14歳
原作：柳内たくみ
漫画：志連ユキ枝
1～2
めい☆コン
原案：柳内たくみ
漫画：智
●各定価：748円（10%税込)

大ヒット
異世界×自衛隊ファンタジー
ゲート
自衛隊
彼の海にて、
斯く戦えり
GATE SEASON 2
1〜5
柳内たくみ 著
Yanai Takumi
1〜5巻
好評発売中！
文庫1〜3巻
（各上・下）
大好評発売中！
ゲート
SEASON 2
自衛隊 彼の海にて、斯く戦えり
1. 抜錨編
柳内たくみ
上
『ゲート』シリーズ累計
ついに500万部突破！
（電子含め累計570万部）
豪華賞品が当たる
海自編、待望の文庫化！
ゲート
SEASON 2
自衛隊 彼の海にて、斯く戦えり
1. 抜錨編
柳内たくみ
下
『ゲート』シリーズ累計
ついに500万部突破！
（電子含め累計570万部）
豪華賞品が当たる
海自編、待望の文庫化！
●各定価：660円（10％税込）●Illustration：黒獅子
ゲート
GATE
SEASON 2
1. 抜錨編
自衛隊 彼の海にて、斯く戦えり
柳内たくみ
舞台は異世界の海！ゲート海自編、ついに開幕！
海上自衛隊VS
異世界海賊＆海軍！
累計420万部！超スケールの自衛隊×異世界ファンタジー！
●各定価：1870円（10％税込）
●Illustration：Daisuke Izuka

ネットで人気爆発作品が続々文庫化！

アルファライト文庫 大好評発売中!!

最強主夫〈!?〉の兄が、ほのぼのゲーム世界でまったりライフ!!

のんびりVRMMO記 1～9

1～9巻 好評発売中!

まぐろ猫@恢猫 *Maguroneko@kaine* illustration まろ

ほのぼのゲーム世界で最強主夫の料理スキル炸裂!?

双子の妹達から保護者役をお願いされ、VRMMOゲームに参加することになった青年ツグミ。妹達の幼馴染も加えた3人娘を見守りつつ、彼はファンタジーのゲーム世界で、料理、調合、服飾など、一見地味ながらも難易度の高い生産スキルを成長させていく。そう、ツグミは現実世界でも家事全般を極めた、最強の主夫だったのだ！　超リアルなほのぼののゲームファンタジー、待望の文庫化！

文庫判　各定価：671円（10％税込）

ネットで人気爆発作品が続々文庫化！

アルファライト文庫 大好評発売中!!

あらゆる毒を使い、武器の扱いも達人級！

薬師無双の世直し旅！

転生薬師は異世界を巡る 1~4

1~4巻 好評発売中!

山川イブキ *Ibuki Yamakawa* illustration れいた

回復薬に麻痺薬に身体強化薬——。
最強薬師の戦い方は、超えぐい！

日本でサラリーマンをしていた藤堂勇樹《とうどうゆうき》は、神様から頼まれて異世界に転生することになった。そして現在、彼は前世の知識を活かしつつ、シンという名前で高性能な薬を自作しながら、旅する薬師として生きていた。ところが、その薬の有用さに目をつけられ、とある国の陰謀に巻き込まれてしまう——。ネットで大人気の異世界ケミストファンタジー、待望の文庫化！

文庫判 各定価：671円（10％税込）

アルファライト文庫

この作品に対する皆様のご意見・ご感想をお待ちしております。

おハガキ・お手紙は以下の宛先にお送りください。

【宛先】

〒150-6008 東京都渋谷区恵比寿 4-20-3 恵比寿ｶﾞｰﾃﾞﾝﾌﾟﾚｲｽﾀﾜｰ 8F
（株）アルファポリス　書籍感想係

メールフォームでのご意見・ご感想は右のＱＲコードから、
あるいは以下のワードで検索をかけてください。

アルファポリス　書籍の感想　検索

ご感想はこちらから

本書は、2019 年 11 月当社より単行本として
刊行されたものを文庫化したものです。

前世《ぜんせ》は剣帝《けんてい》。今生《こんじょう》クズ王子《おうじ》 2

アルト

2021年 10月 31日初版発行

文庫編集－中野大樹／宮田可南子
編集長－太田鉄平
発行者－梶本雄介
発行所－株式会社アルファポリス
〒150-6008東京都渋谷区恵比寿4-20-3恵比寿ガーデンプレイスタワー8F
TEL 03-6277-1601（営業） 03-6277-1602（編集）
URL https://www.alphapolis.co.jp/
発売元－株式会社星雲社（共同出版社・流通責任出版社）
〒112-0005東京都文京区水道1-3-30
TEL 03-3868-3275
装丁・本文イラスト－山椒魚
文庫デザイン—AFTERGLOW
（レーベルフォーマットデザイン－ansyyqdesign）
印刷－中央精版印刷株式会社

価格はカバーに表示されてあります。

落丁乱丁の場合はアルファポリスまでご連絡ください。

送料は小社負担でお取り替えします。


ISBN978-4-434-29485-3 C0193